微暗之火

于晓威 著

一位作家的文学生活

东南大学出版社
SOUTHEAST UNIVERSITY PRESS
·南京·

图书在版编目（CIP）数据

微暗之火：一位作家的文学生活 / 于晓威著.
南京：东南大学出版社，2024.9. -- (六朝松文库).
ISBN 978-7-5766-1231-8
Ⅰ. I267
中国国家版本馆 CIP 数据核字第 2024XH9070 号

责任编辑：张圣峰　　责任校对：张万莹　　特约编辑：赵小龙
封面设计：鸿儒文轩·末末美书　　　　　　责任印制：周荣虎

微暗之火：一位作家的文学生活
WEI'AN ZHI HUO : YIWEI ZUOJIA DE WENXUE SHENGHUO

著　　　者：	于晓威
出版发行：	东南大学出版社
出 版 人：	白云飞
社　　　址：	南京市四牌楼 2 号　邮编：210096　电话：025-83793330
网　　　址：	http://www.seupress.com
经　　　销：	全国各地新华书店
印　　　刷：	三河市华东印刷有限公司
开　　　本：	880 mm × 1230 mm　1/32
印　　　张：	9
字　　　数：	194 千
版 印 次：	2024 年 9 月第 1 版第 1 次印刷
书　　　号：	ISBN 978-7-5766-1231-8
定　　　价：	68.00 元

本社图书若有印装质量问题，请直接与营销部联系，电话：025-83791830。

目　录

第一辑　回眸

永远的棉被　　　　　　　　002

咳　嗽　　　　　　　　　　005

养草记　　　　　　　　　　008

劳动一种　　　　　　　　　011

读不完的家书　　　　　　　014

我的遥远的小树林　　　　　017

街头漫望者　　　　　　　　021

烟火流年　　　　　　　　　024

百货公司墙外　　　　　　　028

作为动词的椅子　　　　　　031

杨兴广	034
我的普通父亲母亲	038
我的读书生活	042
重温旅行的眼神	046
淮安好人	050
私人火车	055

第二辑　他们

好人刘兆林	062
早晨从何时开始——纪念路遥	069
赤子其心，坦荡其人——写徐光荣	074
亦才亦德，致中致和——纪念王中和	079
怀念张忠军	084
我读程永新	088
长白山之子——纪念胡冬林	097
我的朋友周洁茹	102
我看巴音博罗	107
与老藤先生二三事	112

第三辑　品读

《乡邦札记》读札——读丁宗皓散文　　120

木心：不去的文艺老青年　　127

关于与《关系》有关无关的可能关系　　134

致：逝去的青春与重回的感动　　141

内敛的镶嵌并绽放——王雪茜读书随笔论　　145

有意味的悖论形式——读朱辉小说　　150

生活的无力与突围——读宋长江小说　　155

第四辑　思考

江湖夜雨十年灯

——回忆长篇小说《我在你身边》的写作　　160

我为什么手写小说？　　166

先锋小说完蛋的十一个理由　　169

《鸭绿江》：现实，厚重，睿智，超越　　172

报朋友书——《鸭绿江》改版一年来谈谈心里话　　176

我的文学与生命观　　181

小说中人物对话必须使用冒号和引号吗?
——兼与《小说月刊》及澎湃新闻评论员商榷　　198

给一位青年小说家的回信　　204

书房私语（之一）　　210

书房私语（之二）　　215

书房私语（之三）　　220

书房私语（之四）　　223

第五辑　访谈

今天的作家肩负更艰巨的启蒙
——接受傅小平访谈　　230

创新・阻却・诗意・自由——接受林喦访谈　　235

于晓威：每个作家本质上都是为母亲写作
——接受《长江商报》唐诗云访谈　　246

让我们说说现代性吧——接受张鸿访谈　　250

在绘画与写作之间——接受周聪访谈　　256

我的回忆经常是一堆碎片——接受小饭访谈　　263

第一辑

回眸

永远的棉被

这是一条极普通的棉被。

它至少有二十年了。它的外套不是一块完整的布料,而是由许许多多寸半见方的布块连缀而成。在一个无聊的下午,我终于鼓足勇气把它们细数了一遍:横十六块,竖二十三块,总共三百六十八块。这些寸半见方的边角余料,扯起相互密不透隙的手,包拢了里面所有的棉花。

对它的记忆是温馨的。二十多年前,在居室的四壁没有涂料而只有用报纸裱糊的年代,在人们对于"温暖"二字的理解尚未延及穿得厚薄而只是关注到盖得多少的年代,这条百衲被对于周围的事物来说,无疑是和谐与忠诚的。它是一个拮据的家庭中属于母亲的杰作。我不知道母亲从多少个地方搜集到这么多的布角,也不知道母亲在昏暗的油灯下度过多少个不眠之夜。

在我们对拥有彩色连环画的奢望一次次破灭之后,这条棉被上的图案启迪了我们的幻想,充实了我们的双眸,陪伴我们进入诗意的梦乡。那上面的三百六十八块布料,除了质地是相同的纯棉布,在颜色上、在构图上、在风格上,竟没有一幅是相同的:淡黄的,深蓝的,砖红的,草绿的;线状的,团状的,块面的,网眼的;写实的,朦胧的,朴拙的,抽象的……驳杂成一个神奇的魔方世界。叫人想不出这是布料来源的匮乏所致,还是母亲无意中的匠心使然。

哥哥姐姐们都相继考上大学。那年,我也要暂时离家了。临走时,说不好我是需要一件什么东西来暗合我的心境,抑或是靠它来砥砺我微薄的意志力,我随手把这条家中早已算最破旧的棉被带上了。

到了学校我才发觉遭遇了未曾料到的尴尬。我的奇怪的被子每每招致善意的同学的好奇观看。我把它工整叠好,用薄毯盖上,但正所谓"欲盖弥彰",来观看的大有发展到异性同学之势。春季潮湿,接下来我发现我已经没有勇气把它像别人经常做的那样拿出去晾晒一下。哪怕仅仅一次。这时候我猛然醒悟,原来我把它带出来的潜在心理,只不过是炫示一个历经世事的人,回转身要嘲笑和捉弄他经历的俭朴或困顿,显示一种嬉皮式的策略,证明自己精神上的某种狷介而已。

冬季的一天,在探家后返校的路上,我暗暗设想着那条相隔一周的棉被,该怎样又凉又潮。到了学校,我却意外发现它正搭在操场单杠上,迎着冬日煦暖的阳光,尽情地饱吸热量呢。一打听,原来是母亲此次听我无意中的牢骚,知道我不肯拉下颜面把它拿出来晾晒,在我还在途中火车上,就从千里之外提前打电话给我同学,让他们帮忙晒一下……在母亲眼里,孩子既执拗又虚荣的心境是多么可笑啊！

　　面对这条棉被，我感到羞愧。困顿是没错的，曾经困顿更是没错。可我竟要用揶揄困顿来掩饰自己并不丰厚的思想吗？就像有的人靠炫富来遮掩他空虚的心灵？眼下的旧棉被，它像一位慈祥的长辈，像一位沉默的朋友，像一位可以信赖的同事。在寒冷的时候，它给我温暖，在它破敝的时刻，我不应该给它以抚爱吗？

　　毕业后回家，一路上我忍不住时时摸摸随身的行囊。不错，我没丢失的仍是那条棉被。

选自二〇〇五年十二月二十六日《长春日报》

咳　嗽

二十几年前，我可能是一个不谙世事的少年，这一天夜晚，我和邻居的两个伙伴去街上闲逛。

这是秋日的一个夜晚。街上是灯火阑珊——或者说，如果我没记错的话，这个晚上该是停电之夜。有一点光亮，也只是往来汽车偶尔射过的灯柱，还有天上一弯皎洁的下弦月。

就是这样。行人们都像是走累了，他们在暗夜里进行归家前最后的穿梭忙碌。我们也走累了，晚来的风不时抖动我们的裤脚，提醒我们也该歇一歇了。

"你们看这月亮多真切，是因为咱这地方空气好。"我提出我的假想，可是没有应答。我们不约而同地相中了街道边上一道建筑工地外的简易围墙。我们并不费力地相继攀上去，坐在上面，眼前街道边垂柳的枝条刚好遮住我们的身体。

从这里，能看到行人，能看到汽车红黄尾灯的变换闪烁，还能看到轻轻荡起的尘烟在那里沉浮，可是没人会注意到我们，这符合少年那容易满足的游戏天性。我们开始是互相耍贫嘴,接着是大声唱歌,不久,又开始学起了猫叫。

我们还没到变声期,学猫叫是拿手好戏。

不知过了多久,在眼前街道上并不急促的稀疏的人流中,停下来一对年轻人,是一男一女。他们很年轻,是那种我们渴望长到的年龄。男的先把自行车速度放慢,女的轻轻从后边跳下来,接着男的也跳下来,支好车子,并且——一同向这边走来。

我们张大嘴巴,本能地屏住了呼吸。我们明白眼前要发生点什么,可是又不明白到底会发生什么。用他们的眼光看,自认为找到了一个隐蔽的场所——隔开街道的一堆工事屏障般的砖垛。

现在,他俩就在我们眼前,甚至可以说,就在脚下。

月色撩人。四周静极了。透过柳枝披拂的罅隙,我看清这该是一对初恋的人。从腼腆中稍带局促的举止上看,他俩无非是想做这样一件事:接吻。

伙伴们都沉默着。我不知这沉默意味着什么。我还不懂眼前这对恋人所做的将是俗世中至真至雅的事情,在这样的夜色中,是美的画面。但不幸它要被玷污了,因为它不知道,在暗处,有三双窥视的眼睛。

我只好学了一声猫叫。

女的最先惊异地向这边望,其实她什么都望不见。我后悔自己的口技不够拙劣。男的轻声说:"是一只猫。"

伙伴们仍旧故意屏住呼吸,在暗中默不作声。我想一定是这种暗哑得令人窒息的态度把我激怒了,就在他们重新要聚在一起的时候，我咳嗽了一声。

就这样。"发生了什么吗？什么也没发生。"我想起读过的一句话。他们没有发生的事情，被以后的我们分别实现了。因为十几年后我们都结婚了。

那对年轻人离去了。带着慌乱的高跟鞋的碰触声。我不知道自己是促成了一件尴尬的事情，还是解除了一件尴尬的事情。我想，这算是他们婚后生活中可资回忆的善意的笑料了。他们在临走前投来惊慌的一瞥，一定不只是艾怨，也有感激。

那天晚上，在回家的路上，伙伴们仍一直沉默着。有好几次我的嗓子想真正咳嗽起来，都被我用说话声给掩饰过去了。在经过县城电影院门口的一幅大型宣传画前面时，我们不约而同放慢了脚步。那上面在展示一部优秀而朴实的电影。我当时不知道，那是新时期以来，电影界围绕接吻镜头该不该在影片中出现而展开争论的一部发轫之作。

是的，这是二十多年前的事情了。说不清是为什么，哪怕是再过多少年，我也会清晰地想起记忆长廊中的那声咳嗽。我想，当我在蒙昧和混沌的尴尬情境中沉浸和陶醉时，有谁也在身后咳嗽一声，我该有多么感激他。

选自二〇〇一年第五期《散文天地》杂志

养草记

我在平房居住的时候,受母亲爱花的影响,曾在平整洁净的青砖院落中,依墙辟了一畦花圃,准备哪天遇到好的花籽,买来种上。

不知是我的疏懒所致,还是别的什么原因,天气渐渐转暖,花籽却一直没有买来。眼看那块空闲的地上不知不觉长出了淡绿的小草,如同步入青春期的男孩子唇上现出稚气的胡髭一样,显示它不可抗拒的生命力。我想起自己以前,每每养花,不是忘记浇水,就是疏于施肥,到头来总是弄得花儿稀稀,我心栖栖;花儿枝枯叶落,我焦头烂额。父亲奚落我说:"你不如养草吧!"

我想,今番就养草吧。

此时三月刚过。记得《离骚》有言:"恐鹈鴂之先鸣兮,使夫百草为之不芳。"宋代张先也说:"数声鹈鴂,又报芳菲歇。"(《千秋岁》)鹈鴂又叫杜鹃,或子规。大约是屈原和张先同是南方人的缘故,鹈鴂在他们那里的鸣叫,意味着春将尽,百草不再生长。而在北方，鹧鸪的鸣叫恰唤醒了沉眠的春天，百草吐绿，蓄势而发。或也因此，鹧鸪有了一个北方的名字：布谷。

便在布谷鸟与春雷的叫阵声中，草们就着雨水，吃着阳光，一点点长起来了。

到了夏天，我那其实难副的花圃里，便成了活泼恣肆的草的渊薮。它们虽没有花的调姿弄影、妩媚鲜丽，却也芊绵蕃茂、横斜逸出；虽没有花的芬芳馥郁、香被四邻，却也幽冽如缕、爽人肺腑。它们招不来蜂子，也引不来蝴蝶，但它们的草茎罅隙间，却是另些昆虫们的乐园——一只冒失的蚂蚁，顺着茎秆爬到顶端又匆忙退下；一只试飞的蚂蚱，怎么看都像地面甩出的一枚飞镖；金色的、专吃有害介壳虫的七星瓢虫，扇动起翅膀就像空气里漾起的漩涡；而蟋蟀，到了夜晚，它开始歌唱，如法布尔所说，它赞颂洒在它身上的月光，赞颂给它食物的青草和给它遮风避雨的退隐所，赞颂生活的乐趣和幸福……

我发现，养草有别于种花的要义还在于，种花从花籽植入土壤起，你守候与等待的便是一份意料中固定和呆板的图景，兰籽生兰花，菊籽长菊花。草们春天冒尖，你不知它是哪一种草，它们一律是绿的表现形式。经过夏天，进入秋天，你才发现，大地的精气凝聚竟是如此丰盛和磅礴，给予你的竟是众多的惊喜与长久的回味。这是生活的随意性，正是有了随意性我们才追逐和热爱生活。看看那些草吧，薤白，又叫小根菜的，曾怎样陪伴你喝下难以下咽的稀粥；蒲公英，又叫婆婆丁，曾怎样弥漫你童年苍白的游戏空间；马齿苋，乡间的奶奶虽未读过《食疗本草》，却也用它为你"止痢、治腹痛"；拉拉香，还记得你失恋的泪水打湿过它吗?便是那些无名的青草,又多少次出现在与友人离别的背景之中,"青青河畔草,绵绵思远道"(汉·无名氏《饮马长城窟行》),"离恨恰如春草,更行更远还生"(南唐·李煜《清平乐》)。

草,随着岁月的一路风尘,原来更如此切近生活本质。我庆幸自己无意中从大地上将它们窃取了一隅。

有一种草,我至今不知它的名字,用手碰它,草籽四溅。一天,还是咿呀学语的女儿蹲在草丛前专心致志,我问:"你干什么呀?"女儿稚声答道:"我在找打手草。"

打手草,多么动听的名字!原来,更质朴的才给人以更诗意的发现。

我终究要离开我的小院而搬进混凝土的楼房居所了。因为想念,我时常悄悄回去,从大门缝看一眼我的草们(它们很快就会被主人刈除了)、我的家、我的家园。屈子道:"何所独无芳草兮,尔何怀乎故宇?"唉,古人不知,其谁与知,其谁与知?

选自二〇〇六年十月二十日《辽宁日报》

劳动一种

女儿长到一周岁半的时候，我想该把她送进幼儿园了。妻子说，该送女儿去的不是幼儿园，而是托儿所。幼儿园收两周岁以上的儿童，托儿所满一周岁就可以送进去。

原来如此。我和妻子时时留意起县城内的托儿所了，但都因距家太远不便于接送而作罢。后来，在距我家不远处的胡同口——我上下班的途经之地，出现了一家托儿所。

托儿所只有两个人，女人。一个是所长，岁数不大，另一个是她雇来的阿姨，年纪则更小。八九个孩子，主要由小阿姨照看。她话不多，脸总是擦得有点白，可能是不善修饰的缘故。我和妻子很信任她，因为她的目光总是流露出对孩子的温情，还有，一种对生活的精心在意的向往。我们让女儿叫她"小阿姨"。

女儿不习惯离开我们，一连哭闹了一个多星期。其实又何止女儿一个人哭闹。有一次，我眼见小阿姨背着一个哭着的孩子，蹲在地上又去搂抱另一个哭闹的孩子，两个孩子一个蹲一个挣,一下子把她弄得坐在地上,崭新的套裙上瞬时沾满了灰尘……

不过总算好了,女儿不再哭闹。我偶尔带女儿上街遇见小阿姨,女儿总是冲小阿姨笑。小阿姨冲女儿打着招呼,样子竟有些腼腆。

这样过了三个月左右,我和妻子对忙乱的日子舒了一口气,感觉工作和生活已转入正常轨道。忽然有一天,托儿所却停办了。由于孩子太少,房租太高,三个月来各种费用的堆叠使得托儿所一直入不敷出。

我听到这个消息不禁黯然神伤,女儿又无可寄托了。在为女儿操心的同时,我也为那位小阿姨担心:她再上哪儿去找工作呢?

有一天,妻子下班,欣喜地告诉我她看见小阿姨了,是在她上下班路过的另一家托儿所。小阿姨对妻子说,把博思(我女儿的名字)送来吧,这家托儿所之所以答应雇用小阿姨,是给她提了条件,让她带几个孩子过来。

虽然,我和妻子是一心为女儿着想,女儿跟她混熟了,会免去换一个环境的认生之苦,不过,临走时,我还是再三对这个托儿所的所长申明:我们是冲着这个小阿姨来的。

不是吗?当初,就连女儿午睡,小阿姨都要沿袭我们在家中给女儿养成的习惯,一下一下,轻轻地拍着她入睡。这有多琐屑呀!

女儿第一次会唱歌了、会认字了、会画画了,这是入这家托儿所半年之内的事情。我们由衷感谢那位小阿姨,她以她的心智和耐性，启迪和呵护了女儿。有时候在街上碰到小阿姨，她同女儿打招呼，仍是那种笑，带点儿腼腆。

半年之后，我们让女儿不得不离开这位小阿姨、这家托儿所了。因为女儿一点点长大了，按惯例，应该把女儿送进公立的幼儿园，让她接受属于她两周岁这个年龄所能接受的"教育"了。这也是我母亲的意思。临离开的日子越来越近了，我始终不敢把这个消息跟小阿姨讲。离开托儿所是需要取走当初自带的被褥的，临别前三天，我借口说女儿的被褥有点脏，拿回去洗洗，小阿姨说："不用，等我抽空洗洗吧！"一时间，我的心里十分难过。第二天，我和妻子相互推诿，谁也不肯去托儿所挑明真相。第三天，被褥是母亲去给取走的，顺带告别。第四天，女儿进了幼儿园。

我再也没见到小阿姨。我的眼前时常浮现出这么一幕：她一边背着一个小孩，一边去搂抱另一个小孩，力量的夹击使得单薄的她不慎跌坐在地……这也是她在生活中的真实的尴尬的图景吗？有时候，我上班或下班，在人群中，似乎一眼就能看见她的面容，又似乎万般寻觅却不见她的面容。原来她是这样的人：同绝大多数人一样，她是一个普通人，是一个普通的劳动着的人。

选自二〇〇九年一月八日《辽宁日报》

读不完的家书

这是普通的家书,然而又不是普通的家书。诚如楼适夷先生在该书的序言中写的:"这是一部最好的艺术学徒修养读物,这也是一部充满着父爱的苦心孤诣、呕心沥血的教子篇。"——这,就是《傅雷家书》。

我是迟至一九九五年春才购到并读完这部书的,距它的初版已有十四年之久。然而,心灵所受的震撼之大、情感所受的浸淫之深,却是初始的、前所未有的。我在沈阳北郊求学时的简陋宿舍内,多少个萧瑟之夜,它与昏黄如豆的灯光相映生辉,照彻我尘封的、杂乱无章的心之房,让我心甘情愿被它虏获和震慑:这世间伟大的艺术情感,这世间伟大的人伦情感!

《傅雷家书》所收的信件,主要是傅雷同他的长子、后成长为著名钢琴艺术家的傅聪的通信,时间自一九五四年傅聪留学波兰始,至一九六六年傅雷夫妇含冤自杀止。二十世纪八十年代初,经傅雷生前好友楼适夷先生嘱荐,并应三联书店著名出版家范用先生约请，由傅雷次子傅敏归失辑佚，收集整理，使该批信札得以面世，且名播海内外。

在《傅雷家书》中，傅雷尽到了一位父亲所能尽的一切心力与责任，举凡政治、思想、道德、历史、文学、美术、音乐、人情、衣食住行等领域和方面，无不在信笺上被一支秃笔苦苦观照，嘱告又叮咛，字里行间闪烁着阳光般的温暖和慈祥的父爱光芒。你看，刚刚教育完儿子要珍惜学习时间，勤奋向上，又及时提醒他注意锻炼，保重身体；刚刚纠正儿子出国后在餐桌上可能出现的不雅举止，又对他初遇的爱情报以欢愉和担心；刚刚给他讲完欧洲钢琴艺术的高妙，又不厌其烦地引用中国古诗熏陶他的传统文化素养……读来让人唏嘘感叹，追怀不已。傅聪固然聪颖且勤奋，然而敦促和扶持他在艺术与人格之路上一步步走向完善的，不正是傅雷无形中那一双抚摸和宽慰、警示且推动的大手吗？在傅雷给傅聪写信的时间跨度内，正是自己工作和事业孜孜矻矻、繁冗交叠之刻，相继翻译了伏尔泰、巴尔扎克、丹纳的重要著作，更兼应接不暇的俗事和杂务，政治和物质上被双重挤压，心力交瘁，便是在此等情况下，他以舐犊之深情，前后给傅聪写信达三百余封！爱子之心，人皆有之。人之爱子之心，在傅雷处又似有所不同："长篇累牍的给你写信，不是空唠叨，不是莫名其妙的 gossip，而是有好几种作用的……极想激出你一些青年人的感想，让我做父亲的得些新鲜养料，同时也可以间接传布给别的青年……"这些，加上傅雷刚直不阿的精神品格、文字间洋溢的温柔敦厚的文化气息、对孩子和青年人的真挚情谊以及书信本身在今天来说对往事的钩沉和对时代的警策，也许就是《傅雷家书》极受爱戴、读者日增的诸多重要原因吧？

《傅雷家书》自一九八一年初版至今，已历多次再版，总发行量逾一百万册。多年前的一个冬天，我从报上得知傅聪和傅敏在北京进行该书发行一百万册的签名售书活动，惜乎我身处边地，距京迢遥，感奋之余遗憾丛生。随后又从报上得知，傅聪因颈椎病波及神经，双手麻木，很可能告别心爱的钢琴，我的心情不免为之沉重起来。

幸运和高兴的是，就在前年，我因事到东莞，竟意外在玉兰大剧院邂逅并欣赏了一次傅聪的专场钢琴晚会，他已经恢复演出了。更巧的是，因为我随身携带了一本《傅雷家书》，在后台，得以请傅聪为我在书上特意签上了一个我梦寐以求的潇洒签名。

听说《傅雷家书》又要再版了。与前几次印刷每每增加新的书信一样，这次仍有新收入的内容。《傅雷家书》时愈长愈厚重。我想，无论是作为书信，还是作为一种精神的延展，对于"又热烈又恬静、又深刻又朴素、又温柔又高傲、又微妙又率直（傅雷语）"的人们来说，它是读也读不完的……

选自二〇〇九年一月二十二日《辽宁日报》

我的遥远的小树林

那片小树林，依我长大后每次重寻童年旧迹所得来的经验，它其实也不过如是——不会很大吧？

不会很大。要是当年的我在傍晚时一个人进去，不停地走，莫名的恐惧刚刚要升起，它就到头了，露出依稀的边缘，让我看到远处的山峦和星光。

大凡世上山有所指，水有所称，而林无以名。县城之东有河，我居河之西，它在河之东，我们喜欢叫它"河那边的小树林"。

春天，姐姐们领我进去挖小根菜。纤纤细细的小根菜，像我们当时的生活一样孱弱，站不住脚。在去年荒败的杂草、残雪还有满地的石隙间，你很难找到它淡绿的触须样的姿影。一旦你的目光适应并专注于它，就会发现，四周很快就令人应接不暇了。它们简直像转瞬从地下冒出来似的，等待你去采摘。这时候我喊："大姐，快！二姐，那边！"没人搭理我。她们比我还要忙碌和满怀喜悦。

过了一些日子，我们进去挖荠菜、苣荬菜。我从挖野菜中得到了孩提时代最初的收获和乐趣。一柄尖铁铲、一个蹲着的少年、一只同样散发过植物气息的编筐，这是一幅我记忆中线条明确的剪影。少年不停地挖，一路向前，这使他在衣服前襟里积满了大把鲜嫩的野菜之后，不得不四顾搜寻他的编筐。此时，他才约略觉得他的手指已经被铁器磨痛了，腰背也酸乏得很。或许也正是如此，他才清楚了一个简单辩证的道理：收获的喜悦总是同劳动的付出成正比的。并且，只有忘记了那个编筐，他才会得到更大的收获。

"荠菜炖汤，苣荬菜蘸酱""小根菜炒鸡蛋，小孩撑得满地转"。这些说不上是经由谁口发出的第一句童声歌谣，使我们觉得满世界充满了饭香。当太阳的光影从林翳间像舞台的布景那样向西移去，晦暗和潮湿、传说、神秘一起随傍晚悄悄升起的时候，我们会听到林间的画外音，那是妈妈远远站在河对岸家门口的呼唤（天下所有妈妈都这么呼唤）："小×，小×，还有小×，回来吃饭啦！"

饭菜当然早就做好了，但是爸爸妈妈还是会非常忙碌地把我们挖来的小根菜炒上一碟或是洗净一绺，醒目地摆在桌子中央。与其说，他们是想让简陋的饭菜变得丰盛，倒不如说，他们是用这种举动鼓励我们热爱劳动的心灵，让我们即时得到尊重，而不使它隔夜和推迟。

秋天，哥哥加入了我们的行列，他带我们一起用筢子搂树叶子回家烧火。那些杨树、柞树、杂木的叶子落了厚厚一地，又松又脆，踩上去，满耳都是蝉鸣。我们用麻袋把装得沉实的树叶子扛回家，妈妈做饭时把它们塞进灶炕，点燃后让我轻轻摇着鼓风机，不一会儿，锅边就溢出一股典型的农业气息，芳香扑鼻。爸爸大力表扬了哥哥，说他能干。爸爸还喜欢这么演算和譬喻："嗯，做这顿饭，等于省了四根大柴桦。"

哥哥可能想把院里那一垛柴桦都省下，省到来年春。于是整个秋季，他都不停地搂树叶子，直到把我家的厦子堆得如小山一样满。

一年四季，除了帮人干零杂活儿，当然少不了我们大部分时间同邻居伙伴们在树林里的跑啊闹的，恣情玩耍。捕蚂蚁、编花环、捉迷藏、打弹弓、过家家……想来真是奇怪，我的有限的对植物和昆虫的知识，竟然都不是日后在课堂中学到的，而全是从树林那里领会的。至于爬树、翻跟头、无数次的奔跑和跳跃、用石块掷打高垂的树种子所增强的臂力——这些体能训练，长大后，谁又会专门去做呢？小树林，是我对于自然的启蒙地，是我精神的培育场，是我身体的游乐园。

苏联作家纳吉宾曾写过一篇小说《冬天的橡树》，讲一个叫萨乌什金的小男孩，上学总是迟到，老师经过跟踪和亲历才知道，男孩上学的途中，总要经过一片树林，那里边鲜活的景色和奥妙的事物总是深深吸引他，使他流连忘返。后来，小男孩一路走一路给他的老师讲许多连老师也不知道的事物，年轻的女教师为之深深感动了，她原谅了小男孩，她知道，她所讲授的祖国的生字、词汇、句子、语法这些内容，如果离开某一种扎实而独特的情感，一切都将是苍白的……

我之所以想起这个故事，是因为像我童年许多温馨的事物如今已不存在一样，我的那片小树林也早已被毁掉了，消失了。博尔赫斯说："我们可以知道我们将失去什么，但却不知道将得到什么。"我觉得这话不对，许多东西，我们不知道它竟会失去，但却知道，失去后换来的是什么。就像曾经，二十多年前的一个少年站在那片树林中，对它边缘之外充满了激情、忧伤和遐想，而今，我站在原地，面对的是一览无余的石头、垃圾、荒地和屋脊……

给所有上学孩子的路上一片森林！让他们由此而通过。假设仍能使我走在其中，迟到大概不敢，晚归还是经常的吧？

——我的遥远的小树林！

选自二〇一四年第十期《芒种》杂志

街头漫望者

在家乡，一个人不知怎么就很容易成为一个街头漫望者。而在异乡，属于他的身份，似乎只能是街头的一个匆匆过客。

我见到过许多这种街头漫望者。譬如在我的家乡，在随便一个十字路口，在任意一棵树木之下，在某一只脚步声寥落的商店门前，不期然就会看到这样伫望的人。一般来说，他们不像是在等人，而像是在等待或观望一段风景。等人与观望风景是有所不同的。另外，他们大都为成年人，而不是儿童。儿童只要在路上，不是行走就是追逐嬉闹。所以说，漫望者，是对他的家乡——一切人、事、环境、心情、空气、山水有着长久和熟悉的阅历的人。

等待或观望风景往往与季节有关。这就对了。在家乡，季节的讯息还没有透露一丝风声，树木就生长出他想象中的模样。而在异乡，他弄不清季节同树木的关系，他就不会提前印证树木未来的姿容。树的下面，与熟悉的身影有关，与一段感情有关，与一声乡音有关。想象它们，便是重温那些人与事。

　　在南方印制的台历上，往往会在夏至之前和夏至之后，印上"入梅"和"出梅"几个字，而这又关乎北方什么事呢？北方的俗谚"腊七腊八，冻掉下巴"，在南方人看来也是一段并不关情的大话。因此一个人站在异乡的街头，不会为此迷恋，不会为此漫望，那是一段身处季节之中的情结。一个人处于异乡季节的心理紊乱之中，会仿佛一个弹熟了电子琴的儿童突然面对一架涩重的钢琴一样，不知怎样抚摸出熟悉流畅的旋律。

　　除了季节还有人。我在家乡工作的时候，身处一座三层小楼，闲时经常站在窗户前漫望楼下的街头。我会看到熟悉的人，行人，他们联动了我的神经和心情。我也会看到另一些熟悉的人，是漫望者，他们成了看风景之外的被看的风景。他们和我一样耽于现实，耽于想念。哪怕这些毫无用处。

　　有时候熟悉的人也会在空气中飞扬和乱窜。我是说，即便街头的交谈者是两个陌生人，也会时不时地从他们口中迸出另一个你无比熟悉的人的名字。他使你的视域拥有了更广阔的空间，自然，也使你拥有了更立体的生活。不是吗？

　　我曾经有一次，在家乡的街头骑自行车去办事。迎面的街道对过，一位多年未见的同学喊着我。我的事情太急了，匆促中只好撂下一句："在这里等我，我办完事马上回来再聊！"我办完了事，却昏了头脑，把这事忘得一干二净，回途竟抄近路返回家中。我不记得过了多长时间，反正，我吃完了午饭，看了一会儿电视，在看电视的时候，猛然想起了那位老同学。我慌忙找到他的手机号码，打了过去，从手机接通后传来的背景声中，我听到了先他声音之前的某种热情问候——他站的附近有一家电锯声吱吱作响的手工作坊,我路过的时候声音在响,手机里的声音仍旧在响。他憨厚地说:"我站在这里很久很久……"

我相信他是唯一例外的街头漫望者。他是在等人,不,他也在等待一段风景,只是,他不知道,那一瞬间,他已成为我心中最诚实和美好的风景。

搬家之后,我身处异乡。几年来,漫说我站在街头,即便我在大街小巷不断地四处游走,也再见不到一个熟人。自然,我失去了站在街头漫望的理由。终于有一天,记不得季节,记不得时间,我在街头遇见了一个多年未见的人,我们攀谈起来:

"你瘦了。"

"你也是。"

"快四十了吧?"

"当然。"

"只是你的眼睛依旧明亮,有火,有光。"

"呵呵,我们还都记得往日的时光。"

"……不说什么了吗?"

"哦,来日吧,也许方长。"我们各自走掉了。

我看见的,是我自己。

选自二〇一四年第五期《海燕》杂志

烟火流年

又快过年了。禁不住想起放烟火。

虽然我知道,每个人对过年有各自不同的感受,但是有一点大抵是相同的,那就是一提起"年味儿"这个字眼,肯定不仅指饺子味儿、年糕味儿、荤油味儿,而更是指烟火爆竹的硝烟味儿。

就像你记不起什么时候拥有了童蒙时代最快乐的第一次笑声,你同样记不起哪一年亲手引燃了第一颗烟火。作为男孩子,谁记得吗?

总该是我七八岁的年纪吧,开始对烟火有了那么倾心的迷恋。因为家里穷,母亲只允许在过年的时候买一盘肥皂盒大小的鞭炮燃放,没办法,我只好提前一个月就把平时节省的零花钱拿出来,一点一点地购买和积攒烟火。我把它们摆了一炕,那无非是些小摆设,像儿童积木一样大小,造型精巧,但是价钱便宜,什么"小蜜蜂""小飞机""小流星",还有"小花篮"——就是那种拎起线头它就转啊转的,往往把自己给烧着了。

除夕,全家都去院子里看我放那些宝贝,耀眼夺目。父母不必说了,大姐、二姐和哥哥都插不上手,只能眼巴巴看我演示。我给他们放啊放的,真是快乐。放完了,我就一个人爬上房顶,看我们那整片胡同区几十条巷子里无数的人家院落,都变成一个个军火库,火光再小,也映出人们对生活的热望。再放眼整个县城的天空呢,哎,那就更不要说了啊!

老师布置作文,总爱以《除夕之夜》为题,那时候我的作文,在班级里总是第一。

有好几年,为了省钱,也为了好玩,我自制烟火。那就是除夕过后,我寻遍小巷,把未炸响的爆竹搜集起来,挤出它们的火药装入平时玩耍的空子弹壳里,导入捻子,立在地面,天黑时燃给全家人看。那蹿出的火焰,别有风采,倒也往往博得家人一笑。

更有后来,我稍加改进与创造,在更大的容器中装入更多的火药,底层埋了一只鞭炮。这样,火光亮丽之余,便是一声爆响,显得出奇制胜,令人为之一振。

从童年到少年,我对烟花的迷恋,一直不减。上初中一年级的那年除夕,家人都在屋里包饺子,我一个人在院子里放鞭炮。我穿了一套新"的卡"中山装,上衣四个兜。那是在寒假时帮县里的新华书店卖年画,风雪无阻一个月,好不容易挣来二十几元钱,让母亲给我买来布料做成的。我的一只兜里揣满了鞭炮。我把点燃的鞭炮一只只抛向空中,没想到,一阵风吹来,将其中一只在空中炸散的鞭炮火星吹入我的衣兜,立时引燃了里面的同伴。我不顾一切地用双手捂住衣兜，为的是保护衣服，结果，二十几只鞭炮等于全部在我手里炸响，衣服破了不说，我的手也被炸得又黑又肿。

我哭了。不为疼，为心里难过。那是我长那么大第一套新衣服啊。

但是没过多久，我又笑了。这样的缺失与遗憾，与放烟火的欢乐相比，是多么微不足道。

时光不知怎么就来到了青年。那一年刚结婚，妻子让我到她家过年，我不想去。妻子知道我的癖好，就对我说，她哥哥为此买了许多许多的烟火，静候我去放。于是我就去了。我还是留恋放烟火。

前几年，我和父母分开，搬家，上楼，除夕放烟火，竟有了一种萧索之感。我们自己一家三口，妻子看春节联欢晚会，不忍下楼，而女儿胆小，也宁愿避开，只剩了我。我记得去年除夕就是我独自在户外放的烟火，那是一种别样的心情。随着烟火与鞭炮的炸响和消逝，我在默默地检视和总结过去的一年。毕竟跟年纪有关了，我已告别苏东坡笔下的除夕"儿童强不睡，相守夜欢哗"的年纪，而更加感慨宋代席振起《守岁》中的"三十六旬都浪过，偏从此夜惜年华"的复杂情状，从而，内心更服从于明朝文徵明《除夕》里的"人家除夕正忙时，我自挑灯拣旧诗"的精神情结与境界。

不是吗？大多数人那么喜欢放烟火，在潜意识里，难道不正是心仪烟火的某种内容与形式的瞬间升华吗？不计久暂，唯愿灿烂，这是它独特而深刻的价值取向。

因此，我觉得，在除夕，一切放烟火的作为，只有与生命的回望与思考焊接在一起，才会有真正的欢乐——那也是深沉而久远的欢乐。

选自二〇一五年二月十八日《中国艺术报》

百货公司墙外

在我故乡的县城里，当年有四家百货公司。第一家、第二家不必说了，简称"一百""二百"。第三家有点特别，它是个门市部，县城人都爱叫它"三八门市部"。我少年的时候不太敢往里去，以为跟三八国际妇女节沾边儿，肯定卖的都是一些妇女用品。经过好长时间我才明白，"三八"原来就是"三百"的讹音，里面卖的商品并无什么出奇之处。那第四家呢？简称"四店"。可气不可气？没个正性。

那个时候我最爱逛商店。没钱买，只是看。隔两天我就要去转一转各个百货公司，挨个柜台瞅，看看双层的塑料文具盒来了什么新样式没有。还有那些可爱的精致的水果刀、钱包、钥匙链……当然也捎带熟悉了别的百货。它们首先填补了我的精神空白，启发着我的想象，而物质实用的价值倒是居后了，这和书上说的物质基础决定意识形态完全是轻重倒置了。

大姐有时候想买什么东西，我张口就给她报出价格，屡试不爽。大姐有一天就跟妈妈说："晓威他真厉害，一个学生，街上任何商品的价格他都一清二楚。"

这话言犹在耳，可中间二十多年时光已经流逝了。

如今，尚在履行商品流通职责的，只有第一百货公司，其他都不复存在了。我每次路过这家百货公司，都会想起当年的一件小事。

那一天我走在街上，老远就望见它的外边聚了一群人。凑近一看，噢，是一大一小两个卖艺人在耍手艺。说是一大一小，大的也就十七八岁，小的十三四岁，都是男少年。那个大的，大概已经表演好长时间了，我挤进人群的时候，正看见他仰起脖，把一柄一尺多长的剑，徐徐插进喉咙里，然后一蹲，把它吐出。可能是剑太长了，也可能是这个动作太难了，他把剑"当啷"一声吐到地上的时候，引起一阵剧烈的咳嗽，脸都似乎很白了。

好在他很快恢复了。他端起地上一只收钱的盘子，向前走了两步。

人群一下子就散了。我还没明白怎么回事。我只看到有的钻进百货公司，有的继续走路，有的原本自行车停在一边，人下来看耍呢，这会儿也急忙而笨拙地骑上自行车走了。当然，我也远远地退去了。

我对自己说，最不应该交钱的就是我。因为我刚好来到，演出就结束了。

那两个少年怅然地看了一下四周，默默地收拾东西，走了。

他们去车站的方向。他们是外地人。立时有一种难说的情绪抓住了我，我紧追几步，冲他们的背影喊："嘿，哥们儿！"

他们俩回身,茫然而疑惑地看着我。

我从兜里掏出两元钱——那是我几天不舍得花的——递给了他们。

那个大一点的迟疑了一下,伸手接过了,然后,朝我深深地鞠了一躬。

哎哟,他还冲我鞠躬!这是我生来第一次碰到别人给我单独鞠躬。我还没有他大呢。我至今想来还会脸红。

那家百货公司还在。行人依旧穿梭来往,远处的风依旧拂荡街边的树叶和枝条。那两个少年如今在做什么啊?他们还像我一样记得这件小事吗?

他们还是忘了好!

选自二〇〇六年十一月六日《辽宁日报》

作为动词的椅子

确实有这么一把椅子,不知其何所来,也不知其何所去。

可能是捡来的,可能是别人送的,更有可能是在某个单位或集体的一次办公用品分流中,按照良币逐劣的原则,彻底给清理出来的——落入我这样的寻常百姓家。当然,它那么笨重、陈旧,连我也只会让它待在露天的院子里。

它据墙而立,偏安一隅。它自身仿佛就是一座监狱,这种感觉来自它那几何图形的坚固条栏,并延伸出人坐上去的假想。不须仔细回忆,我一次也没有坐上去过。它太是一把本色的椅子了,身上没有任何光漆,连风尘也不落,只露出一把岁月的骨头。它默默地配合阳光,并节省后者多余的温暖。

我用它洗脸,前提是放上一只脸盆。它的高度正好,我弯腰的角度想来对它也会感到满足和惬意。雨天的时候,我并不费力搬回(我不相信一个洗脸架会害怕水弄湿了它)。如此,它阴暗地变了脸色,次日我拎起它,会感觉拎起一个醉汉沉重的睡眠。

　　我拎它做梯子用。雨天过去，房顶上烟囱的引风机注定要生锈的，我要把它修理转动。这样，我平生又一次接触到四条腿的梯子——当我这样想的时候。我一脚踩上它，第二脚踏上窗台，再一脚蹬上柴火垛，于是我便敏捷地来到房顶。我四处环望，楼越盖越高，越盖越高，它们忽然提醒我这样一个事实：梯子们都干什么去了？跟高度有关的东西，原来竟也会跟高度无关。

　　我也会拿椅子撒气，像大多数人一样。只是，我从未见到一个人在办公室生起气来不是拍桌子、摔椅子，而是拍椅子、摔桌子。体积和重量仍跟尊严有关。再说，一个人拍椅子，弄不好是温情和让座的表示。虽然是在院子里，我也只好选择一脚踢开它。

　　被踢倒的椅子仍旧是立方体，也就是说，接下来你可以坐上去消消气。但我不会。倒不是跟自己较劲（在一把椅子面前有什么下不来台的呢？），只是那样我得回到屋里换一套跟它近义的打扮。

　　我只见过一个人坐过它，可惜我不认识他。一个三轮车夫帮我推了一天的砖，事后我俩都疲累之极。付账的时候，在院子里，他一屁股坐在那只破败的椅子上，毫不掩饰他瞬间得到的休憩和快乐；而我站着，递上钱，强撑着要跪下去的双膝。那一刻，我明白了，有些所谓低贱，凭你多么高贵，人家也不会轻易交换。

　　冬天的时候，我需要伐木取暖。我把买来的不成材的圆木一端拄地,另一端靠椅子支起,用锯将它们一根根锯断。这样,椅子肯定成为替我扶定木头的好帮手。几个冬天下来,它快要散架的时候,看吧,总会及时有另外的木头扶定住它的身板。

这把椅子后来哪里去了呢?我记不住。也许,它就是成为最后的取暖木材而消失了吧?或是流落到别人的屋檐下。

这正如我经历的一些事,一些人……不知其何所来,蓦然,也不知其最终所去。但是,它们确乎在过,活过。因此,一切人和事,不是名词,像这把椅子,它是动词。

选自二〇一四年第五期《海燕》杂志

杨兴广

我曾在自己的一个中篇小说《游戏的季节》里，写到过这个少年时的伙伴，或者不如确切点儿说，写到过他的名字，因为，在小说里写到的那些事，并不全然在他身上发生过。我用了他的名字，应该有许多怀旧和不舍的成分。

我总记得二十多年前，在我们那片杂乱而穷困的胡同区，杨兴广是和我最相熟的伙伴之一。那一大片胡同区，横横竖竖能有几十条巷子，经常有谁家眼睁睁看见陌生人进了院子偷东西，可一转眼跑出大门就不见了踪影。胡同太密集了，有时候我爬到自家屋顶向四下远望，感觉是海面上有一排排不见首尾的浪，让人眩晕。到了晚上，相信最出色的画家也会惊叹于这里的色彩斑斓，那是一屋屋电量不足的夜灯，映照出一扇扇捉襟见肘的窗帘，千奇百怪，遮挡着局促的人生。

杨兴广应该比我年长两岁，个子自然比我高。他面貌堂正，只是神情老实，甚至拘谨。他有一个哥哥、两个姐姐，他最小。

我还记得他那个二姐，历练世间许多事情一样，伙伴们聚在一起，她总喜欢给大家讲一些耸人听闻却又引人入胜的鬼故事，让我们对她依赖有加。其实现在想来，她当时也不过只有十二三岁的年纪吧？

杨兴广经常穿一件浅灰色的"中山装"上衣，四个兜，脖子下的第一颗扣子系得很严，当然第二颗也很严，给人一种少年老成的感觉。然而事实是他太憨讷老实了，每回他在胡同里跟我们这些比他小几岁的同伴们玩，他的母亲总要在自家门里翘望或倾听，看看是不是有谁欺负他。往往是我们玩兴正浓，他母亲喊他回了家去。

逢上家里没人，杨兴广也请我到他家里去玩。那时辰，他多半是在自家晦暗而温暖的厨房里，打开他父亲上班时封好的炉子，用炉锥子扎出一个眼，借着那微暗的火，给我烤黄豆吃。他不会多烤，每次三颗，或五颗，滚在一只细小的铁匙里，因为怕烫手，铁匙的长柄必定再用一双筷子夹住。待黄豆烤熟，发出迷人的香气时，杨兴广必定把多的一份给我吃。也就是说，三颗熟黄豆，他给我两颗；如果是五颗呢，给我三颗。再多呢，再多不会有。

这样，我真的搞不清，他是非常吝啬，还是非常大方了。

杨兴广也领我到野外去玩。在河滩上，在草地里。我生命中第一次品尝到世间的两种美味，是他教给我的。一种是吃烤螳螂，焦而酥香，令人难忘。另一种是俗名叫"黑悠悠"的植物颗粒，甘洌清新，滋腮润喉。后者我很想再吃，惜乎二十多年无缘再重温口福了，并且野外也不曾见到，似乎童话般绝了踪迹。有一次我去千里之外的加格达奇采风，当地朋友拿出一种果酒让我开饮，据说就是我童年喝过的那种"黑悠悠"所酿，名曰"山都柿"。我喝了几口，感觉不是，为此我们争论了很久。后来我们都不说话了，也许我们都不约而同想到了各自的童年。那我们争论的就是另一回事情吧！

有一次杨兴广不知怎么在河滩上惹急了我，他见状转身就跑。我弯腰从脚下拾起一块鸡蛋大的石头，佯喊道："我叫你跑！"其实却将石头掷向另一个方向。谁知这呆鸟杨兴广，以为我会真的打他，竟偏离了他原先逃跑的路线，直躲到我掷偏了的石头的方向去了。不用说，他的脑袋当时就流了血。在我父亲领他去医院包扎的路上，我还郁闷地想：这个精明的老实人哪。

小学快毕业的时候，我家搬离那片胡同区了，之后我再也没见过杨兴广。有时候天下之大，走遍天涯却不期邂逅你意料之外的人，有时候天下之小，哪怕同处一座小县城却也彼此萍影无踪。我时常会想起杨兴广。我想，时光流逝，白云苍狗，他一定早已到外地闯荡或生活了吧。接着又想，他的相貌应该不会有大的变化，如果见面，我会认出他。

事实是，我只说对了一半。去年秋季的一天，我猛然听一位旧时的伙伴说起，杨兴广竟然就住在他原先的胡同里。——要知道，二十多年来，胡同里几乎每一座屋子的主人都不止换了一茬，这真是让我感到错愕的事！

今年正月里，一个不冷的夜晚，我轻轻敲开了杨兴广家的大门。他果真在相貌上没什么大的变化，但是个子仍旧高我半头。因为阴历逢七，他和他母亲正在炕上包饺子。两个人见我来了，都不敢相认，意外之极。他给我介绍说，他父亲很早就去世了，他现在下岗，平时以蹬三轮车为业。但我看出他还是很快乐和有人生意志的。在我们凭着一点点谈唠的热络或静默不语的沉寂来各自温复久远记忆的间隙，他那已经年迈的母亲总是一遍遍重复这样一句话："哎呀，你们搬走的那天，小广子在门缝里看，我拍着他的后脑勺说，人家搬走了啊，看看人家搬走了。"

我这才想起，我当初是连个告别的招呼也不懂得同他打的。

临走时，我留了一点钱给杨兴广的母亲。他母亲有点慌，但杨兴广并不拦我。这让我感到宽慰。他执意留我吃饺子，我不肯，他就只好送我。

出了门，我差点弄错了方向，走回小时候我自己的家去。我知道这不仅仅是夜黑下来的缘故，也不仅仅是我曾说过"我们那片胡同，实在太大了"。我在心里对看不清的前路喊：听见了吗？不是啊。

选自二○○六年十一月十三日《辽宁日报》

我的普通父亲母亲

我出生在一个满族小知识分子家庭。祖辈世代是农民，爷爷年轻时被日本人抓去做劳工，累病而死。爷爷只有父亲这一个孩子，奶奶辛苦拉扯，用心教育，加上父亲非常努力，于二十世纪五十年代考上了大学，毕业分配工作，并与我母亲成了家，生下我们姊妹四个，终于使我们变成了城里人。

小时候的家庭教育，就是爱读书。因为父亲爱文学，爱读书，所以影响到我，正如古人所言："好读书，不求甚解，每有会意，便欣然忘食。"那时候，家庭虽然非常困难，我们全家七口人，除了赡养奶奶外，四个孩子都要上学，都要穿衣吃饭，但是只要见到我喜欢的书，父亲总是会省出他微薄的工资为我买来。记忆中第一次出远门，是父亲出差开会领着我。开会结束后，他就陪着我去新华书店，买我喜欢看的书。那时候家里还订阅了几种文学杂志，每有杂志新来，因为母亲也要抢看，争执不下，父亲只好给母亲读，通过读，父亲也能第一时间享受看文章的乐趣，可谓两全其美。我当时还不识字，但就是通过父亲的"读"，我也尽早地开阔视野，知书明理，并尽早地告别儿童读图时代，沉浸在日后阅读大书的广博天地里。

父亲为人善良，我从他身上学到最大的品质，就是做事善良，待人真诚，不遵循世俗的趋利避害原则，对"高于其上"和"低于其下"的人平等相待，不会前倨后恭。他可以跟县长因为不公平摊派收费的事情拍桌子，也可以对普通百姓嘘寒问暖。记得我上小学时，有一年，一个父亲不认识的农民有事，经过百般打听，来家里找父亲求帮忙，父亲也不认识他，但是听说这事情是极愁苦又极需要得到帮助的，父亲就请人吃饭，托人帮他解决了困难。后来父亲都忘了这事，可是快过年时，那个农民走了几十里山路，给父亲送来自家杀猪时留的一条猪腿。父亲当时都不记得他了，还是那个农民帮父亲回忆，父亲才想起是怎么回事。猪腿被父亲百般推辞，不要不行，没办法，父亲让哥哥送他去车站，给他买了回程车票，又塞给他三十块钱。这些事情在我很小的时候，就教育了我。

我的母亲，严格来说，她没有多少文化。她早年当工人，是一个极勤劳和手巧的女性。因为当时家庭确实太困难，仅凭两人的微薄工资根本养活不了大家庭（我记得我读初中二年级之前没穿过新衣服，都是捡哥哥姐姐穿过的，十五岁之前没见过什么是西瓜），所以母亲学会了缝纫机活儿，在家里还没有钱买来一台收音机之前，就拼了血本借钱买了一台"蝴蝶牌"缝纫机。母亲每天下班之后，靠着无数个夜晚给人家缝衣服和制作鞋垫来换取微薄零用钱。有一年，父亲的同事和好友来我家谈事，正赶上我们全家吃饭,他是吃完了饭来我家的,默默地坐在那里看我们吃饭,半天不吭声。父亲问:"你怎么不说话?"对方犹豫着,看了一眼我们吃饭的饭桌,说:"于局长,我来过你家多少年了,你家饭桌上竟然十多年除了咸萝卜条再没有别的菜。"我当时羞得不行,可是记得父亲当时哈哈大笑,自嘲了事。

因为知道母亲极节俭,连新鲜蔬菜都不舍得买,又因为她的所有业余时间是非常喜欢缝纫等女红手艺的,所以直接导致了一件事情的发生。有一年,我外出读书,开学伊始,我竟然发现每个人的单独宿舍里,竟然给发了两条崭新的床单。这对我来说是多么奢侈的事啊。因为即便换洗,利用周末时间,一条床单,一个白天怎么也会晾干的,完全用不着给两条新床单。再说,既然发给了我们,那就是给我们的,即使我给两床床单都用坏了,不也没什么说的吗?我当时想,啊,这如果我拿回家,给母亲看,告诉母亲这多余的一条新床单,完全可以自己家用,母亲该有多意外和高兴啊!于是下一次利用放假回家,我就将这条床单放在背包里,拿回了家。我把它拿给母亲看,我说,多漂亮啊。母亲问我这是哪里来的?我骄傲地说明了原委。母亲当时就黑了脸,很严肃地说:"你出去学习,是学习正道,另外要感恩接纳你的学校,即使你认为这床单是多余的,也不能做这样的事。你返校时赶紧拿回去。"

我当时非常意外,因为按母亲节俭的心理,我以为她会非常高兴才是啊。接着我又非常惭愧,觉得母亲终究是我的母亲,她不以短暂和一时小利而怂恿我人格有损,这才是她作为母亲之所以愿意为子女付出辛劳的意义之所在啊。于是返校时,我赶紧将那条床单带回了学校，把它恭敬地存放在宿舍柜子里。

我是在高中时期，矢志走上文学道路。那时候开始发表了一些习作。父母亲为了鼓励我，合计着设立了一个家庭文学奖。规定在市级、省级和国家级报刊发表作品，分别给予二十到一百元的不同奖励，这些奖励我都用来购书和学习了。要知道，那时候外界还很少设立标准化和正规化的文学奖，可是我的父母亲为了鼓励我多读书，多写作，多提高文化修养，在自己家里就能做此决定，而且陪伴我许多年，是多么不易。

现在，我的父母亲都先后离开这个世界了，有时候我想想，他们一生勤俭，忙于持家和工作，似乎没有给我们子女留下什么遗产，但是就是这种潜移默化的普通心性和品格——善良、正直、勤劳、鼓励和提倡读书与文化，教会我们四个子女怎样做人和成才，这种家风，就是最大的遗产吧！

选自二〇一七年六月十四日《辽宁日报》

我的读书生活

我的读书习惯,大概是小时候,由家庭和学校共同培养的。

因为父亲好读书,又做过高中语文教师,所以家里藏书不少。像那个年代所有小孩子一样,最初自然是从小人书读起。因为年代艰苦,家庭拮据,父母主动给我买的小人书远远不能满足阅读需要,所以我经常是攒了零花钱去买书看,也经常利用放学后去街上捡牙膏皮、废铁、废纸壳等破烂去收购站卖钱来买书。

那时候,小学里有一个很好的习惯,就是学校班级经常会拿出一个下午的时间,集体组织去图书馆看书,看的自然也是小人书。我还记得大概情形是这样的,图书馆一个大厅里,放了四五个长条桌,班级四十多人,分散为十人一组,分别围聚在长桌前,而桌子中央,分别摆了几十本小人书,大家可以畅意地读一下午。那种愉快和安静,至今想来犹身临其境。

也有这样的时光,就是体育课,又逢下雨,教我们体育课的杨老师,一位男士,经常会给我们读报纸上的连载小说。有时候，即便天气很好，逢到体育课时他也给我们坐在班级前面读。也许他觉得，我们每天课间时间和回家时间贪玩及疯跑的时间太多了吧——他可能觉得那都是一种体能的锻炼？也许就是他喜欢看书又没有时间，因此做此一举两得之创举？不知道。反正由于他的热爱读书，打开了我童年好奇的视野，也培养了我读书的乐趣。

有很多夜晚，回到家里后，父亲也在读。因为父亲订阅了几种文学刊物，每有新书到，母亲就会与他争抢来看。都想最早来一睹为快的时候，父亲就只好为母亲读，同时也解了自己焦渴的等待之苦。受益的当然也有我，我经常是已经躺在被窝里了，趴在枕头上，听那书里的传奇人生和苦乐年华。

我到了初中就更不像话，读书几近疯狂。初中对我而言，一个不好的感受就是，除了课本教材，不再鼓励你读其他书——课外书。我是经常在老师讲课时，在下面偷偷读别的书，因此被老师教训以及没收书籍无数次。后来我把各科教材的封面都撕下来，每逢上什么课，就把那科目的封面提前粘在课外书外面，以此企图蒙混过关和偷偷地读，却每每被老师逐出课堂。

读书，原来竟像燃烧的火柴投入干草堆一样，除非你不划开那扇光亮，划开了，就要流窜和喷薄，就要寻找机会去放火。

我十九岁时，终于如愿以偿，去读了辽宁文学院作家班。这时候的读书，随便地读，广博地读，就成了天经地义。我记得那时候，每间宿舍四张双层床，共八个人，一到夜晚，每人躲在各自的床上和蚊帐里，扭亮床头灯，全在读书。甚至都有这样一种心理，即便夜深很困了，但都不肯先闭灯去睡，唯恐那样就比别人少读了书,就像吃了亏一样。书也经常要买的,别人我不知道,因为我那时家庭仍很困难,如果每次花二十块钱买来四五本书,我就坚持一周去食堂只打饭,不打菜,在打来的饭里拌上辣酱,连续吃上一周,将伙食费省下来,以此惩罚和补偿自己买书之"罪"。

工作后及至成家后多年,我一直有个习惯,就是不论出差或是开会,只要出得门去,手里一定拎一本书,利用闲时间来读。那时候被不少朋友嘲讽和打趣,说是走在街上,如果不认识我,见了手里拎一本书的,走路晃儿晃儿的,那就是我了。

是的,哪怕是应了推托不掉的饭局,只要在等菜的工夫,我也是在读手边带来的书。朋友们如果给我家里打电话,问干什么,我十有八九都认真回答在家读书。读书对我来说,就是一件大事与正事,哪怕别人觉得荒唐。

但是大概几年前,我出门虽然也拎书,但是不像以往那样经常利用候车的时候、等船的时候在读书了,缘于有一次我回家发牢骚,我说,我在客运站大厅里坐着候车的时候,举目四望,除了我,几百人竟没有一个人拿着书在读!没有一个!爱人虽然也非常喜欢读书,并且痴迷程度不亚于我,可她打趣了一句:"是啊,这时代谁还那么热爱读书呢,你这样做,人家都觉得你是在'装'。"

别人这么说我,我会愈挫愈勇,我行我素,可是明知道爱人是一句玩笑,我竟然听进心里。我在反思,当所有人都不做某事的时候,你在做,客观上确实就成了一件故意之事,这故意之事不是源自你,而是客观呈现出来的,用哲学上的自洽法则可以解释得通。尤其是在大庭广众之下读书这件事上。

可见，习约的力量多么强大！连我这样一个顽固分子都要被改造。好在，近几年，读书的风气和环境，又渐渐被营造起来。虽然我一直认为，读书跟放火一样，属于私事，属于胆大妄为之事，并且我非常不喜欢"营造"一词以及它代表的痕迹，但是，给一个好的和自由的天气，给点适合的风候，总归不是坏事，总归火是会燎亮起来的。

哪怕是夜空里。而尤其是暗夜里的火色最美。

选自二〇一七年四月二十六日《辽宁日报》

重温旅行的眼神

曾经不知道什么叫旅行。很小的时候,只要听到"旅行"的说法,就感觉像是遇见了汉语中最难写的两个陌生繁体字,既羞愧又好奇,希望弄清它的读音和内涵。但是没有机缘。

决定创造机缘,认识它。高二那一年,已经发表了一点作品的我,面对自己写作存在的困境,没有从疏于阅读、欠于思考这一方面找原因,而是觉得,自己从没有出去旅行过。有一次,在面对妈妈关切地询问我"为什么近期写得那么少"的时候,我回说:"古人云,读万卷书,行万里路,我只是在家闷头读书怎么行啊,得出去见识见识,比如去深圳啊什么的。"妈妈犹豫了一下,说:"那需要多少钱?"我吓得不敢吱声。要知道,我们家四个孩子,除了我尚在读高中,哥哥姐姐们都在读大学,生活开销很大,家里非常节俭,有时候为了五分钱的买菜差价,妈妈要穿梭整个县城去来回比较。当年的深圳,正处于改革开放最前沿,花花世界啊,妈妈每月工资才几百元,我得带多少呢?妈妈看我不吱声,非常认真地又说了一句:"我给你拿三千块钱够不够?"——天啊!望着妈妈慈祥和殷切的眼神,我羞愧得转身溜掉了。三千元,我敢说,那一定是当时我们家多年来的所有的积蓄了!

此后,我在家安心读书,再也不提什么"行万里路"了。

然而终究要认识什么叫"旅行"的,这是属于少年时的梦想。参加工作没多久,我带着自己积攒的一点钱,向单位请了创作假,去深圳。临行前的夜晚,妈妈一遍遍为我整理行囊,生怕遗漏了什么:有她亲自做的各种路上吃的东西,有我的衣服,有预防生病的各种药品,甚至有看书累了需要的滴眼液。担心我带的钱放得不安全,还连夜亲踏缝纫机,为我改制了一件特殊的衬裤。就是这样,第二天凌晨,我一起床,妈妈就哭着拦住我,说:"我昨晚做了一个不好的梦,你不要去了!"我好言劝慰着妈妈,说:"不要紧,一个成年男人,出门还是能增长一些见识的,尽管放心!"

妈妈给我送到了大门外,那温暖的眼神,我知道,有牵挂,有祝福,有不舍。

在深圳,我装成失业的人,白天穿梭流连在鳞次栉比的摩天大厦之间,寻求"工作",晚上,因为租住的房间没有空调,酷热难忍,就在公园的长椅上与流浪者守夜。几个星期过去了,我从最开始寻求的"文学编辑"工作,退而求其次为"小报记者",再降格以求,最后竟连"校对"和工人的工作都找不到。虽然我此行的目的不过是为了体验生活,可是当我发现,在一个商品社会自己不过竟是一个废物时,回乡的途中,看着渐渐远去的深圳，我难免可笑地暗暗发誓：深圳，下次除非你请我，否则我是再也不来了！

多年后终于多次重往深圳。都是文学会议主办方盛情邀请的。印象中有一次，全国一个重要的文学论坛举行完毕，夜间乘飞机回返。那是无数次乘坐飞机夜间清晰度最好的一次了，万米高空之上，南方与北方跨度内的所有重要城市的建筑和道路，竟然随着舷窗的移动，画轴铺展般可以俯视得一清二楚。天地之间，万里澄明，恍兮惚兮，低视晶莹剔透、宛如发亮的海底棋盘似的城市丽影，我忽然想起了妈妈的眼神。哦，可是，妈妈此时已经不在了。妈妈不在了。我想起马尔克斯或是奈保尔说过的一句话："差不多每一位作家，都是为他的母亲写作……为什么总是当我们得奖之后，步履蹒跚地跑回家向母亲传讯的时候，母亲已经不在了呢？"

似乎从那次回家开始，我感觉到，没有了妈妈送行的眼神，我的一次次旅行都变得心虚，也变得乏味。不论是去台湾还是香港，不论是泰国还是欧洲。那一年冬天，应邀去韩国参加一个文学交流会议。会议期间，大家都对韩国一位负责接待的女孩子深有好感，她是北大留学回国的，在一家出版社做事，既聪慧又知性，精致而美丽。临行前，她送我们去仁川机场候机，却不料传来广播："仁川飞沈阳的航班由于沈阳大雪，延迟四小时起飞。"只能是，苏童先飞南京，贺绍俊飞北京，我等待。可爱的贺绍俊老师临登机前，还幽默地说了一句："晓威，我们好羡慕你啊！"接下来的四个小时，任凭我如何商劝，让那位女孩子先回，我自己登机，可是她执意留下，陪我聊天，给我买来汉堡和咖啡，跟我坐在一起。我们聊了很多,可是临末,她说了一句:"沈阳的雪该有多大啊,真好奇想看看。"我说:"我回去拍照片发你。"她说:"噢,下雪天也会很冷,你家里人或是妈妈接机时会带去衣服吧?"

我的眼泪一下子就流下来了。

随着年龄的增长,我现在,也开始送自己慢慢长大了的女儿出行,送她高飞,送她成长。而我,同样是因为年龄的增长,渐渐变得不愿意出行了。但每次我继续出行或旅行的原因之一——清晨或夜间,我准备好行囊,准备上路——那大抵是为了重温一下无形中的、妈妈送别我的眼神。

选自二〇一五年五月十二日《航空画报》

淮安好人

近些年，说不好是怎样一种心境或原因，越来越不愿意出门了。实在不可免的，哪怕是旅游，要么跟最好的朋友一起去，要么独自一人行走。

这次到了淮安，我是比会期提前半天到达。现在想想，可能不仅是因为不想让航班跟开会时间弄得太促迫，我是想给自己半天时间，看看淮安。具体原因说不清楚，因我本来就是一个对地理没有概念也不感兴趣的人，也是一个对一切所谓大好自然风光心不在焉的人——也许是因为多年前，在杭州还是无锡，面对缓缓流淌着的京杭大运河，我问身边人："从这里还能坐船通向北京吗？"——竟无人能答——我要摆脱那份郁结和可笑吧。

婉谢了会议方的盛情陪伴，我一个人走出酒店。此时是下午三点半，我在宽阔的大街上等待出租车，竟寻觅了半个钟头而不见，倒是有时常路过的封闭篷厢的机动三轮车，突突而过。不忍继续耽误时间，我拦住一辆机动三轮，问他："我要去看就近的大运河,多少钱?"

"十块。"

司机是个中年男人,衣服油渍麻花,寸短头发,黑红面庞。即使端坐在驾驶室,也给人佝偻着腰身但却精明的感觉。

我上了车,他帮我关好后门。但是发动机声音响起,我就思忖:他拉我倒是拉我了,可是到了大运河,我是要下车仔细转转的,他岂能等我?既不等我,街上如此不好打车,我又如何回返?但是要他等我,岂不又窝他的工?于是我说:"这样好不好,你下午的时间跟着我,我可能要仔细看看,耽误你一些时间,回头你再拉我回来,我给你一百元车费?"

他扭头"扑哧"一下笑了,说:"哪里用得上那么多钱?"

看着街道边林立的现代高楼,我随口问了一句:"你们这里有老街吗?"

"老街?嗯,有着哪!叫河下古镇。"

"拉我可好?"

"那先看河下古镇,顺路,回头再拉你看运河。"

在街道上左拐右拐,他拉到的真是好地方。顺着他手指的方向,我抬头一看,连通无数商铺的巷子的迎面处,大牌坊上写的三个字是:"估衣街。"

我喜出望外地下了车,跟他交代:在此地等我,我转转就出来。然后就一头钻进了"估衣街"。

我以为街子很短,没想到好深。鳞次栉比的全是淮扬风格的古旧建筑,让我目不暇接。河下古镇有五百多年的历史了,而估衣街是淮安最早的商贾繁盛地带,名人辈出。我漫步流连着,不仅是巷子里许许多多的外观建筑让我喜不自胜,连许多内宅和庭院,我也要扒门再三探看的。可笑的是,偶尔见了老宅门上贴了自来水公司的催费通知单,我也以为是什么宝贝,细细地通读一遍。试想,几百年前的估衣和晾衣胜地,说不准这是哪家状元或名商大户,如今被催了水费,怎敌今夕是何年啊。

天空轻雨似有还无。巷子莫名幽深,但是所来无人。真个是岁月如流,伊人情无反顾。窗棂古意斑驳,青条石路绵延不绝。正适合我瞻旧的心情。估衣街现时还居住着许多居民,甚至保不准还有许多当年原住民的后代。路遇了两位街坊彼此串门的老妪,我去搭话,她们给我讲了半天"估衣街"的往事。谈唠间,我依稀间看见老妪身后的墙上,悬挂着醒目的标志牌,与我以往阅读习惯很不一样。但凡各地的老街,只要被保护起来,均是要书写"行人须知"或"游客须知",规范的是外地客人,但是这个"估衣街"的标牌上写的是:"非机动车和原居民进入来往,给您的行走观览带来不便,敬请多谅。"

估衣街,河下古镇,仅明清两代,就诞生过《西游记》作者吴承恩以及上百名进士、举人、翰林和状元,是个文士麇集之地,它的谦抑与温润之风,着实让我触面可感。

再往里行,巷子越发纵横扩大,蛛街密布。看看时间,已不知不觉耽搁快一小时了。我不敢再走,担心巷口等候我的三轮车师傅疑我小人,而他又兀自走掉。于是止步回返,临近巷口,无意间向右手边的一处玻璃店门里望了一眼,目光竟被惊艳了一下。一个女子,应是店子的主人,坐在桌前,煞是美丽,旁边相依而坐的是一个男子,亦为端庄,两个人正在低头专心看着什么，见我走过，一起抬头看了我一眼。我回身望了一眼上方的匾额——"淮味楼"。我不敢回头，边走边想，敢情是我入巷时未曾留意这个店子，回想那对男女，许是夫妻，许是姐弟，亲人一定是了。单是他们双双抬头看我的表情，我是打扰了他们低头专注的什么事呢？一定是在同看一本书了——如果是他俩在看手机，抬头相迎我的目光断不会那么沉静和雍容。

还想起，我透过玻璃看里面摆设时，不像饭店，好像是经营一些地方佐料或药材。这样想来，"淮味楼"与我想象的况味倒是深深契合了。

三轮车师傅在我身后浅笑。我这才回过神，原来我大踏步走过了他和他的守候。于是上了车，他拉我去运河。

他先拉我去的是里运河，也就是最古老的运河，两岸酒肆喧腾，似乎康乾两帝昨天还来过。后来，又拉我去大运河，让我在河边好一顿流连，直到夜幕降临。顶着一袭历史的古老风尘，我尽兴而归。穿梭在灯光流离的大街上，我跟他起了争执。我的意思是，除了车钱照付，我想请他吃饭，而他坚决不肯。我诚心觉得耽误他几乎两个小时的时间，将近六点，又没有吃饭，而他一再谢绝，坚持拉我回酒店。争执了大约几个回合吧，恰巧我手机响了，是朋友已在催等我吃饭。三轮车师傅正好跟我说："快去快去。"

到了酒店楼下，我只好拿出两百元钱递给他，他大声喊："给我这么多干什么？我只要三十块钱。"

我说："耽误你太久时间，你少赚了钱，又不吃饭……"

他干脆发动油门要走，我赶紧求饶。又是争执再三，终于和平谈判，他无奈地接过了我递上的一百元钱，跟我再三道谢和道别。

清代崔旭有首《估衣街竹枝词》："衣裳颠倒半非新，挈领提襟唱卖频。夏葛冬装随意买，不知初制是何人。"

淮安，古老运河犹在，如今估衣风新。

选自二〇一九年第一期《满族文学》杂志

私人火车

说来奇怪,虽然我那么喜欢火车,但是稍微回忆一下,我从来没有做梦梦到过火车。

也许,对我来说,只要看到火车,那本身就美丽得像一个梦蹿入现实吧?

第一次坐火车,至今留给我的其实是一种歉疚感。那时候我刚上小学一年级,父亲和同事出差,顺便带上了我。路途应该不很遥远,也就是我所在的县城宽甸至丹东市的距离,大约一百公里。事实也就是从宽甸去丹东。但就是这一百公里,火车走走停停,要用去半天。

火车在一个小站,停住了。好像是一个村庄,因为我记得绝没有站台之类的地方。沿线有几个农民,就利用这火车停留的一两分钟时间,从火车窗口给旅客兜售自家产的一些食物。父亲的同事很会照应我作为小孩子的心理,他从窗口喊住一个农民,要买一碗樱桃给我。因为时间紧,无法称重,所以农民事先就用一只大瓷碗盛满樱桃,一碗卖一毛钱。樱桃被递进窗口,父亲的同事在摸钱,那个农民就利用这个机会,给附近的旅客忙活,霎时间,火车开动了,父亲的同事手里攥着一张五毛钱,不知该怎么办。因为要那农民再给找钱,是肯定来不及了。眼瞅着那路基上的农民渐渐移远,我只听到他在下面喊:"我的碗,哎哟——我的碗!"于是父亲的同事坐在我对面,似乎犹豫了一两秒,想等到农民追上来,很快发现这不现实,于是匆忙间就把那只瓷碗从窗口给扔下去了。扔下去,自然是摔碎在铁道旁……

这在我童年几乎是一个事件。我觉得父亲的同事很不好,他为什么不早一点摸钱,还摔碎了人家的一只碗。另外,火车太刻板,它只要移动起来,就与窗外完全是两个世界。是的,与窗外是两个世界。许久之后,我才明白,恰恰是因为这个原因,我竟然爱上了这个悖论。顾名思义,火车跟燃烧有关,通过柴油的燃烧形成动力,我们一般叫它内燃机车。它是一个封闭而又开放的社会。封闭是因为它的结构,开放则因为它的内部生活形态松散、公平,具备了起码的民主法则。虽一般而言,它分为软卧、硬卧和硬座,但是从大体的环境来说,这任你选择,并且,只要你登上了它,它不因你是官僚而提前到达目的地,也不因你是庶民而延迟你的等待。大家去的是一样的洗手间,听的是一样的车厢音乐,呼吸的是一样的空气,甚至,吃的是一样的盒饭。即便吵架或动手,你也找不来这个封闭世界以外的人际关系或救兵,只能靠个人的智慧和四肢来取胜。当然,如果涉及安全,这里有乘警。

我渐渐种下了对火车的爱恋之感还有一个原因是,在我很小的时候，母亲经常出差。在夜里八点钟或九点多钟，与父亲一起步行去火车站接母亲，成为我盼望的一种仪式和内心温暖的过程。在物资匮乏的年代，母亲通常会带来好吃的外地食品，而我期待见到母亲的心情，也就与那火车即将到站而隐约传来的汽笛声相暗合，汽笛声一如崭新的乐队长号，在夜色的舞台下断续伴奏。这声音整个县城都能听见，它是给母亲归来的巨大的盛礼。

及至我十九岁那年，独自离家在外地求学，读书到夜半，每当听到城市远郊传来火车的长鸣声，我都会立刻披衣下床，独自来到走廊，打开窗户，看那遥远而模糊、次第排列的明亮的火车车窗如何撕裂夜空，穿过沉沉大地，驶向远方。我想这就是所谓的羁旅之思吧。

换个时间和方位，我也愿意坐在火车里，找个窗边，眺望窗外的事物。火车给世间带来的惊喜的悖论和多层镜像般哲学的复杂性之一在于，你在大地上看到奔跑的火车，它生发你一种私人的理想和豪情，而你坐在火车里看大地，也会沉入一种私人的感动和遐思。同时，在它的内部，在每个车厢，在每个既有机联系又有隔断的单元以外，也酝酿着某种生命的浪漫或偶遇。就我而言，我的窗边对面不止一次端坐着陌生的美丽姑娘，几百里路途，足够我在内心与她预演的恋爱故事完整到多个版本，至于她在想什么，那与我无关。当然，更多时候，我会看到隔着过道的座位上坐着的一对恋人，我静静地观察着他们的一颦一笑以及对话，静赏油画框般的车窗不断变化的风景，我觉得这是世间最可欣赏的风貌之一。有一回，看到坐在我对面的姑娘，一个人看着窗外，我不知怎么就哭了。

还有一回，车厢太挤，人满为患，火车在夜里驰行着抵达黎明，但是在过道上人挨人的疲惫的面孔里，有一对没有座位的恋人，男的一直伟岸和超迈地站着，他的恋人与他相向，依偎在他怀里，静静地睡去。我才知道有一种力量可以让疲惫彻底消失，而它独自清晰。

我喜欢有力量和慢节奏的温情的东西。火车是一个庞然大物，它的机械运动几乎让你目力所及的大地变得微不足道，然而，它的节拍又是那么如退潮的海水一样缠绵着大地。当夜晚来临，尽管我买了卧铺，与那些枯坐到天明的人相比，它令我餍足与心安，然而我是那么宁愿迟迟睡去。悖论再一次发生。我会坐在窗边的卡座上，打开列车员好心拉上的窗帘，许久许久望着远处明暗的灯火，或是黑魆魆的山脉、地平线，似乎要在那虚空里重逢另一个我。当我终于睡去，却又在夜里懵懂醒来，听着耳畔车轮与钢轨的律动声，我都会有一种亲切的负罪感，仿佛我在摇篮里，我在深睡，而上帝创造的神奇的动力在不歇地工作。也有的时候，是火车停了，它的呼哧声等于在鼓励和安慰我继续深睡，那意思是它也打鼾，哪怕是它短暂的睡眠。窗帘的罅隙透进来的橙黄色光线提示着我，火车抵达某一个小站，它要么是需要加水，要么是卸下三五位旅客，接着列车员哨声响起，一切重又入梦。

与飞机比起来，火车既远离城市，又接近大地。与汽车比起来，火车既无违人性群居特点，又给你独立思考空间。除此，我还发现，只要有过一起坐漫长火车经历的人，哪怕是同事，日后的感情也会增加几分。我记不起跟同事在宾馆住宿、在饭店吃饭、在胡同里聊天，但我确实记得从青年到中年，所有跟我一同出门坐过火车的人。生命里有许多事物像植物的脉络一样充满奥妙，我不弄清这个道理，是因为我想让它们继续隐秘地生长，并对它们抱有敬意。

《洛丽塔》的作者纳博科夫曾经形容过，当火车从茫茫大地接近或穿越一座城市的时候，火车"把它的步伐改为一种高傲的漫步"。我觉得这是一种伟大的形容。火车的庶民气质，昭示它从历史的深处走来，又向着历史的未来挪动。

我还记得有一篇国外报道，说是在意大利有一名普通职工叫乌奥拉，他在好多年里，每个周末都要坐同一列火车回乡看望他的父母。后来，火车管理部门准备将火车提速，召开听证会，乌奥拉第一时间赶过去，表示坚决反对。乌奥拉的理由是，火车提速后，他乘坐火车的时间变短了，在这个过程中盼望、回忆亲人的时间也随之缩短，另外，窗外的风光也让人来不及细看，手里的书也没办法读完，这等于是剥夺了他——作为一名普通人的幸福感受。最后，管理部门只好败下阵来，强大的经济法则让位给了个人浪漫的思想，火车仍旧慢速行驶。也就是说，你可以有快的事物，但是你不能剥夺我喜欢的慢的事物。你要给人民以选择的余地。大概二十多年前，我有过另一次真实经历。我和一位老师出差，从城市返回家乡的时候，坐到半路，我就看他不停地叹气，满脸愁容。询问后我得知，老师与人约定时间在火车途经的某地看望一位弥留的朋友，可是火车在那里是根本不停的，那里连一个村庄都算不上。而如果坐到可以停车的地方再下车，不仅没有交通工具，时间上恐怕也要耽误许久。于是我找到列车员,请她引我见到列车长。列车长是一位比我大不了几岁的小伙子,穿着笔挺的制服。我把当时身上仅有的职业证明——一张省级的作家协会会员证拿给他看,说明了我的老师的忧虑和难处。列车长善解人意地对我说:"火车很快就到了目的地,前方,我给你临时停车两分钟够不够?"我说:"一分钟就够。"火车果然在我指定的地方停住了,我的老师得以顺利下车去看望那个弥留的朋友。事后列车员告诉我,自铁路部门建成这条线路以来,这列火车从来没有单独为一个人临时停过。

  我是第一次讲这次经历。从来不讲,是因为我多年来一直质疑自己的行为是否动用了所谓"特权"。今天我想,这叫什么特权呢,一介文人,他什么都没有,他假如能促使别人做愿意去做到的事,无非只是情感而已,而遵循情感逻辑的人越多,不是诗意和理想才更多吗?我不是乌奥拉,但对方姓名别具意义。我至今忘不了这位年轻的列车长,他使另一位年轻人的人性冒险和情感危机平安着陆。

  火车是大地上的事物,是大地蹿出的梦想,它是大地朝向远方的私奔。而所有愿意乘坐火车的人,理应是一种集体的私奔。

选自二〇一七年第九期《安徽文学》杂志

第二辑

他们

好人刘兆林

一九八九年，我在辽宁文学院读作家班的时候，刘兆林老师作为一名蜚声文坛的著名部队青年作家，曾应邀来院给我们讲课。那时候我不到二十岁，而刘老师才年近四十。作为自幼喜爱文学、差不多就是浸润当代文学养料并以当代作家的作品为写作蓝本的我来说，那一次与刘老师谋面，绝对是第一次与自己景仰的文坛大家做近距离的交流。说是交流，其实不够准确，因为是他在讲，我们在下面听和记，并没有进行交谈。当年的笔记内容，我现在还保留着。那堂课给我留下的深刻印象和形成的助益，是我日后多少年、听了无数堂课也难以替代的。此外，他给我留下的另一个印象是，穿军装的他不仅英俊严谨，也儒雅和蔼。

那时候他还没有转业到辽宁省作家协会，后来看到刘老师的详细简历，才知道作为军旅作家，他是部队的师级干部。我一直不太明白部队的序列和职级，但我那时想，师级干部，不就等同于师长吗？可能是受电影的影响，比如《从奴隶到将军》《吉鸿昌》《万水千山》什么的，我从小就对师长肃然起敬，这份敬意甚至高于军长，认为军长不过是在后方指挥，真正冲锋陷阵、骁勇无敌并且凸显英雄性格和人性深度的，还属师长。这样，在我的心里，谁一提作家刘兆林，我就把他"著名作家"和"师长"的形象叠印在一起了。

对刘老师的作品我非常熟悉。一九八三和一九八四年，他的短篇小说《雪国热闹镇》和中篇小说《啊，索伦河谷的枪声》分获全国优秀短篇小说奖和全国优秀中篇小说奖，作品所树立的和平时期的军人形象和时代氛围以及独特的军旅深层命题，让人耳目一新并为之一振，为我国新时期军旅题材文学增添了光彩。不久，他的长篇小说《绿色青春期》的问世，再次巩固和提纯了这一理念和思考，并通过个体和群体人物形象的关联性塑造，反映特殊历史时期和政治背景下的多味生活，拓展繁复的人性疆域，作品几次再版，受到广大读者的热烈欢迎。几乎同时，刘老师以一部厚重的散文体中篇小说（或说是一篇长散文）《父亲祭》，再次震动文坛。作品以饱满的现实主义手法，反映极具后现代意味的苍凉与扭曲的亲情命题，无论在形式、内容上，还是艺术、思想上，都具有对俗常伦理和哲学定势的全方位颠覆，给人以强烈的错位性审美享受，加之语言收放自如，情节汪洋恣肆，感情浓烈热辣，节奏若脱若定，几乎成为别人难以超迈的优秀之作。日后，我渐渐读到了大量的类似"悖论亲情""质疑亲情"甚至"打死父亲"等等无论在主题走向还是哲学意象上完全与此趋同的散文和小说，不置一词。因为我知道，在这方面，刘兆林老师的《父亲祭》无疑是开先河之作。

若干年后，转业在辽宁省作家协会做专职副主席的刘老师，担任省作协主席兼党组书记，而我也被聘为签约作家，经常参加作协和文学院的活动，才算是真正同刘老师熟悉起来，并近距离有了切身的感受和相互的交流。所以我更深的印象是，刘老师是好人。

刘老师是好人，这不是我说的，这是好多人都这么说的，在省内、在省外、在更广阔的文坛范围内外。好人首先意味着正派和善良。你去辽宁打听，凡是接触过他的人，不论一次或多次，请他们秉持真诚的良心说话，几乎没有不说刘老师是好人的。甚至，人们会说，他太好了。我理解那个"太"字，在我看来，那不是一个副词，而是一个情态动词和实义动词，它代表刘老师趋向性的举动和行为，善解人意、急人所急、奖掖后进、顾全大局。他是殚精竭虑，一心想着要辽宁文学更好地发展和壮大起来的。确实，他的努力有目共睹，并且也真正开创了良好的局面，近几年中原逐鹿、你追我赶、挺进文坛的青年作家，孙惠芬、刁斗、津子围、陈昌平、李铁、白天光、马晓丽、鲍尔吉·原野、巴音博罗、周建新、张宏杰、李月峰……形成了庞大而飙进的洪流，使辽宁文学避免像许多省份那样二十世纪九十年代辉煌鼎盛而如今却有断层之虞，使辽宁保持着良好文学版图和人才生态，使辽宁文学在可以预期的将来蓬勃而昂扬地走向美好未来，其中实在有刘兆林老师付出的大量的心血。

我倘能虚荣地忝列在这里，在这个队伍里，那么，我当绝不虚荣地感到自豪和光荣。说实在话，一直以来，作为后进之辈，我得到了刘兆林老师真诚的鼓励和帮助，我把它视作厚爱。他多年来严正而温暖地指教我的作品，细致入微地关怀我的心理状况，不遗余力地督促我的成长，使我有时候觉得，这是我的偏得。事实是，正像接下来我要说的，一个好人，除了善良，还要正派。也就是说，刘老师如果尽可能让每个人都感受到偏得的话，那就没有偏得了，那就是公平，那就说明他是一个完全不徇私情的人，是一个正派的人。有一年，北京有一个学习的机会，好像是第三轮了，我隐约觉得似乎我可以去，何况刘老师一直对我也不赖。但这时，我接到刘老师打来的长途电话，说我们省另一位作者，很不错，也想去，并且，因为他单位事务特殊，只这一轮有时间去学习，等到下一轮，名额给他也没用了。刘老师对我说："名额不够，你等下一轮，先让他去吧。"我相信那位作者同刘老师就是普通的关系，就像我和刘老师一样。我当然乐于听他的话，同时，我由衷佩服刘老师荐贤举能。他绝不因为所谓的关注你就把目光短浅地聚焦于你，更不会因为对谁亲对谁疏就使公平的砝码发生倾斜，那实在不是他的作派，他更愿意将满腔的汗水挥洒于每一个需要的角落和土地，或像阳光，均匀而守恒地散发着热量，让庄稼成长，让文学泛绿。

刘老师更是一个认真的人。有一年我们签约作家开会，一位主持会议的老师出于会场时间的俭省和表述的简洁，口头点了一些被解聘的作家名字，原因是他们没有完成规定的创作任务。在几乎所有听众都对那位老师的讲话感到未曾介意和并无不妥的情况下，刘老师认真地在旁边插了一句："刚才提到的刁斗不是没完成任务，他是主动辞去签约作家的。"刘老师这样更正的时候,刁斗并不在场。哪怕仅仅是这样的细节,我也由此看出了刘老师一以贯之的对作家个体尊重的态度和立场、对庶几威胁到日常公平的事件流于麻木的提醒和澄清、对私隐性的文学行为的保护和匡正。这是一般人很难做到的。我觉得,正是因为这样,文学才能得到更加健康、敏捷而人性的发展。

还有一次,是省作协组织我们开笔会吧,作协包了一辆私家大客车,拉着我们一行二十多人外出。客车行驶到市内的时候,有几个游客招手拦车,我想他们大概是想蹭便宜。更可气的是那个司机,我们包的车钱他并不少要,此时竟又刹车停下,准备顺手挣外快,所谓"搂草打兔子——捎带手"。就在我和身边的人对轰然打开的车门和将要上来的游客虽觉反感却又反应不及的时候,只听刘老师大吼一声,早从我们身后的位置上蹿到车门口,堵住那些人,并责令司机把车门关上。其情其景,那种类似愤怒的决绝和果断,连作为熟悉他的我们都颇感意外。因为他是那么好的人,又那么善良,应该对什么都宽容和忍让的。事实不是,然而这又与他温柔敦厚的性格和外表不相矛盾。事后我想了一下,刘老师就是不愿让文学和与文学有关的事物受到一丝一毫的玷污和欺侮,他也不放弃任何机会来维护文学和与文学有关事物的尊严。真的,了解刘兆林老师的人都知道,虽然他也容易流下深沉的泪水,但在他的骨子里,有一种嫉恶如仇的东西,有一种军人的东西,不错的,那正是属于师长的品质。

从某种意义上说,这都属于大善。

刘兆林老师一九四九年生,与共和国同龄。他出身贫寒。

在少年和青年时，他五岁的弟弟和二十四岁的妹妹先后离世，然后是母亲和父亲双双离世。他吃过多少苦，我相信别人无法说清，他自己也很难说清。正因为这样，他有着一颗悲天悯人又坚忍不拔的心。他常说的话是"不幸是一座最好的文学院"和"有爱才会有才华"。除了小说，去读读刘老师的散文集《高窗听雪》还有《和鱼去散步》吧，在其中你会知道他的心里有怎样的真诚、爱、善良、美好、执着这些字眼，并且，它们浸泡了怎样的泪水，从而升华为生活里绵亘的信念。

我记得自己有时候劝刘老师不要再写了，因为他的工作越来越忙，还是要注意身体才是，可有时候我又劝他尽量多写，理由同样是工作越来越忙，以此耽误了自己的写作，似乎不值。可见我有多么矛盾。其实这也是身边许许多多朋友们的想法。不是吗？作为在新时期文学史上有影响力的作家，继续写出有影响力的作品毕竟还是读者们希望的啊！便在我们这许许多多矛盾的想法翻来又覆去的时光流转中，去年，刘老师出其不意，由上海文艺出版社出版了构思和写作达八年多的长篇小说《不悔录》，再次引起文坛的关注、热议和好评。《不悔录》是我们新中国成立以来首部以作家协会为典型环境和背景、以塑造群体的文人形象为质介、以探讨和揭示当前体制下的文化精神生成类型及其流弊为诉求的一部长篇小说，是一个人的心灵史，是一方领域的众生相，是一曲"集体无意识"的社会化舞台的私语性大合唱。关于《不悔录》的专业性评价，业已见诸众多报刊，在此不再赘述了。

是啊，刘兆林老师肯定还在写。至此，我似乎明白了，那不是因为别的,那是因为他有爱。他爱着,并且他有源自本能和义务的爱,对人、对文学、对世界。

如今,仍旧,亦师,亦长。好人刘兆林,让一切美好永久。

选自二〇〇七年第八期《红豆》杂志

早晨从何时开始
——纪念路遥

对不起。

我不知道这是怎么回事。

一个秋日的午后,我从蒙尘的书橱中又一次抽取了这部书:《早晨从中午开始》。这是你的遗著,也是你一生中大概唯一的一部长篇创作札记——怎么不对呢?你生前本就不善发表演说与高谈阔论。这部札记,几年来我已读过两次了,眼下是第三次阅读。不知不觉中,我的泪水竟一次次流淌下来,漫漶我眼前的一切,这种情形似乎当初甫闻你离去也不曾有过。我怕惊扰了正在身边独自玩耍的女儿,不得不两手捧起书,移向近视的眼睛,以此遮掩我的伤恸。

对不起,我想说,我还是打扰了你的安宁。自一九九二年十一月十七日至今,路遥,你离开我们已经十四年了。

时间回到一九九一年四月的陕西临潼笔会。那个笔会我无缘接到通知，我的舅舅去了。当时你亲临会场，是带着刚刚赴京领取以《平凡的世界》荣获茅盾文学奖的风尘去的。后来我从《早晨从中午开始》中得知并断定，你也是拖着长达六年苦役般写作而尚未恢复体力的那份疲惫去的。你向与会的文学爱好者们谈创作体会，散会后，人们纷纷请你签名留念。我的舅舅得到一个签名后，又重新排队，得到你的另一个签名。千里迢迢回到家乡后，舅舅把另一个签名送给了我。我当时是何等高兴，这对无论是作为一个高中毕业不久的年轻人，还是作为一个初涉社会对生活对未来充满希望与渴求的憧憬者，尤其是，作为一个直接阅读并浸染于新时期文学写作的后学者是多么珍贵啊！我端详着你的签名"路遥"两个字，感觉朴拙而坎坷，智慧而顽强，尤其是"遥"字最后一笔走之，延宕出老长，似乎在剖白自己也在警醒别人：文学之路何其修远，吾将上下而求索！就这样，路遥，我怀着珍重的心情，把你的这帧签名，压在了我写作时伏着的玻璃板下，同时，把上一年秋天采集到的枫叶，挑选了两枚配在旁边。后来，我知道了你也喜欢枫叶，你在陈家山煤矿写百万字巨著《平凡的世界》的时候，面前是一直插放着红叶的。如今，我的书房也充满了温馨与砥砺的况味。

　　第二年秋天来临的时候，我还没来得及去山上采几枚新鲜的枫叶，路遥，怎么就听到你猝然离去的噩耗！我不敢相信这是真的，可谁又能更改这个事实！我第一次审视文学与人生的关系，并努力把它们泾渭分明开来，就是在得知这个消息之后。怎么不呢？一个诉说过中国大地上发生过《惊心动魄的一幕》的人，一个探究和考问过《人生》重大命题的人，一个塑造过芸芸众生、奋斗并挣扎于《平凡的世界》的人，怎么会忽然丧失了主宰自己命运的能力？有一瞬间，我觉得作家太渺小了，很快，又悲壮地感觉到，作家最伟大。因为，他是普通的人，可是，他有不普通的心！后来，我又放弃了那种试图将文学与生活甄别开来的可笑想法。一个真正热爱文学的人，一个怀着纯洁的心灵、提着人性的灯盏走在泥泞路上的人，是永远分不清文学与生活孰轻孰重的。生活愈是缺少激情，他愈依赖文学；他愈依赖文学，他才愈热爱生活……

路遥，知是天妒人杰，你已真的离去，我多么想给你生前所在单位发一封唁电。犹豫再三而止的是，当时唁电如云，名家纷纷，我既非你的故交，又非你的学生，这样做岂非有失礼数？稍后暗想，还是给你写一封寄往天国的明信片吧，是一个无名者对你一路走好的祈愿。终也没做成，怕因此吓到邮递员。不久之后，我又听闻陕西另一位全国著名作家邹志安不幸逝去的消息，才控制不住情绪，含着眼泪义无反顾地加入了《文学报》为他的遗子遗孀发起的全国募捐的行列……

路遥，你不知道，你的英年早逝，曾在全国文学界引发了一场怎样的震撼与讨论。人们说："纵然是一项伟大而紧迫的事业，在完成它的时候也要量力而行，不可太急太累……"这样的结论其心也痛，其言也善，令人默然嘉许。然而，人世间果有一种不急不累且"伟大而紧迫"的事业吗？一八二四年歌德曾对爱克曼说过："我这一生基本上只是辛苦工作。我可以说，我活了七十五岁，没有哪一个月过的是真正舒服的生活。就好像推一块石头上山，石头不停地滚下来又推上去。"路遥，你是异常清醒地在事业与生命、壮丽与平庸中做出选择的人，因为你再三说过，你不愿做未写完《红楼梦》的曹雪芹、未写完《创业史》的柳青……设若命运再给你一次机会，你仍会选择前者，选择以生命的绝响汇入事业的铿锵合唱中的。神归其位，人称其职，因此，我一直固执地认为，作家的真正精神意义上的楷模是路遥，而不是保尔，不是吴运铎，不是张海迪。他们是在生命成长中出现某种转折而将精神诉求于文学的，路遥则不，他恰是以自己健康的体魄在文学事业上恪尽职守、鞠躬尽瘁的，这种平凡而纯正的意义在我心里更容易引起震撼……

对不起。路遥，我还是这样说，漫长的十四年——不，仅仅才十四年，如果我不是偶然在书橱中翻到了你，我几乎就在滚滚红尘中淡忘了你。十四年来，在文学的某个角落里偶尔会传来几声讥笑——那是对你、你的作品。某些人以你为参照——不是从正面，而是从反面来"警示"自己，写得轻松随便些，再轻松随便些。他们因此不再状写人类的心灵、血液。他们还以诋毁的语气挖苦你的作品因"过时"而"不值一读"，却忘记了"所有的历史都是当代史"和"当代史也会成为历史"。我想，只有优秀的作品，没有完美的作品，如果说，像无数文学大师的作品一样，你的作品也存在瑕疵的话，那我仍愿意援引歌德对少年时给予他深刻影响的克洛普斯托克的评价来作为此文的小结："我怀着我所特有的虔诚尊敬他……我对他的作品只有敬重，不去进行思考或挑剔。我让他的优良品质对我发生影响。"我相信，这种影响才是真正深远和有益的。

路遥，请允许我以某个无名者的身份在某个无名的时间写成此文。不是因为你的逝去，而是因为你曾活着。你活着，而且永远活着，你的世界因永远陪伴着马建强、高加林、刘巧珍、孙少平而不再寂寞。你说过，你在写作的时候常常通宵达旦，然后入睡，你的早晨都是从中午开始的。至此，我真是忍不住要问：在那个永夜难昼的世界里，你的早晨该从何时开始啊！

选自二〇〇六年十二月一日《辽宁日报》

赤子其心,坦荡其人
——写徐光荣

时光真是不经打量,认识徐光荣老师一晃竟然十五年了。我从当年一个二十多岁的小青年,长到如今四十出头,文学的岁月让我的内心充满风蚀之感,而徐光荣老师,依然是那么精神饱满、俊朗乐观,那种和蔼而响亮的笑声,时常回荡在我的耳边。

一九九七年,是我在辽宁文学院作家大专班读书的第二年。这个班按照文学院办班的历史序列来讲,是第五届青年作家班。它与之前和之后的作家班有所不同,它是唯一一次被承认学历的作家班。来自全国各地的青年作者,大都是早年因为文学而荒废了正经学业的"半吊子",他们带着文学之梦也带着学历之求,在这里孜孜苦读。那时的文学院,算得上是基础建设正在转型的非常时期,原来的一座二层教学楼兼学生宿舍,已被一家合作办学的拔地而起的私立高中新教学楼取代,而紧邻街道的另一座二层楼,是文学院各部门的办公场所,于是,我们这五十多名学员只好挤在操场另一侧几间低矮破败的小平房里，连吃带睡加听课，过了快一年。突然有一天，听说省作协把一个叫作徐光荣的创联部副主任派到文学院当常务副院长，主抓教学，以示重视。学员们都不以为意，觉得这和大家似乎无关，只不过是组织人事上的一个例行安排罢了。而我，虽然很小的时候就闻知"徐光荣"三个字在辽沈地区乃至全国的大名，却也并不了解他是怎样的一个人。

没承想，徐光荣老师到院第一天，就来到学员中间具体了解学习和生活情况。我还记得那是个冬天，徐光荣老师高个头，戴着副眼镜，身穿一件黑色长款皮夹克，颇有一派名士风范。然而，他慢条斯理说话的声音和认真坦诚的眼睛，让我觉得他又是一位传统文人、敦厚长者。他走进我们日常听课的一个房间，四周打量一下，顿时怃然，连连摇头："这不行，这哪行？太冷太潮太挤，这种环境怎么能听课啊？"

那是一个狭小逼仄的空间，二十平方上下，说实话，每有老师前来讲课，已分不清对方是学生还是老师了，大家全挤在一起，除了黑板，连个讲台都没有。而且，正逢冬天，暖气不行，窗户透风，学员们记笔记都冻得掏不出手，尤其南方来的一些学员，不适应北方的冬天，倍感遭罪。我觉得那条件比当年延安抗大的条件都差了许多。但是，因为大家追求文学和文凭心切，顾不上许多，只好咬咬牙忍了。谁会想到徐光荣老师刚走进课堂，就先自难过得不行呢？

徐光荣老师难过归难过，学员们认为这也就是表达一种安慰和同情而已，可是没几天，文学院在自身办公场所也很紧张的情况下，给我们腾出了一间大我们课堂两倍的会议室，重新定制了教学用具和桌椅，更重要的，房间暖和，阳光明亮，我们得以舒适顺利地学习。

这是我第一次接触徐光荣老师。

临要毕业，我来到徐光荣老师的办公室，想请他为我写一篇小说评论。我这样斗胆，原因有两个，一是徐光荣老师曾编撰一本《辽宁文学概述》，二十世纪九十年代由春风文艺出版社出版，立论高远，体系缜密，影响很大，我读后很是佩服；二是平素我在班里读书期间，他经常表扬我的创作。我当时幼稚地想，既然表扬我的创作，帮我写篇评论当属情理之中吧？记得徐光荣老师听完我的请求，慨然应允。之后，我就毕业回到家乡了。

没多久，我就收到徐光荣老师从沈阳寄来的一篇评论——《铸造富有特性的精神与人格——谈于晓威的小说创作》，稿纸上的钢笔书写，清晰工整，竟有一万字之多！这篇评论是我文学创作路上收到的第一篇系统的小说评论，后来发表在《满族文学》上。原稿至今在《满族文学》稿件档案库保存，我当时复印了一份在手头作纪念。这让我幡然明白，工作繁忙、创作繁忙的徐光荣老师平素不光是待人接物言语热情，而且是言必行必果的，他恪守了当今知识分子少有的传统文人的信条美德和风范。在这篇评论的结尾，徐光荣老师写道："我乐于尝试参加这种评析，并愿意为这种评析能使我们的青年作家创造更具特色的文学助一臂之力。"这让我深有感触。他爱文学、爱真理、爱青年人、爱一切为了文学的发展而产生的后续力量。也正是因此，在我们那个大专班毕业后，他亲自帮助和推荐一些没有工作的学员到报社和其他部门工作,为他们解决文学理想和生活上的实际困难,却不求取任何回报。

多年来,我和徐光荣老师还是能够经常见面的,他对我的关心也是无微不至,无论是为了我的作品研讨会——他那么鼎力支持和付出热忱,还是在省里的其他文学会议上,他每次都对我鼓励有加;无论是在他主持的文学院签约作家例行见面会上,他高瞻远瞩,悉心指导,还是在他出差来丹东我们短暂一聚,顺聊生活感受,我都越来越感受到他内心葆有的传统哲学意义上的温柔敦厚之气和厚德载物之风。当然,话说回来,徐光荣老师善良也好,热情也罢,他绝不是一个世俗意义上的"和稀泥"的"老好人",我多次眼见和耳闻在一些关于工作的事情上,他所坚持的原则性。这种原则性让大家能够理解和佩服的是,他没有从一己的私心出发,假借公器之名,而完全是因为热爱和捍卫文学的严肃立场,体现了文人的率性。也正是因此,这么多年来,即便有上述某种工作的日常点滴发生,我也鲜有听见他在背后有议论别人之非、道叙他人之短的言谈,这令我格外尊敬。他语调不高,而笑声朗朗,这是我喜欢的真正的君子形象。

这么多年来,我知道徐光荣老师是中国文坛的一员创作猛将和"常青树",他张罗和参与了那么多的文学活动,出版了那么多的专著,获得了那么多的大奖,赢得了那么多的良好口碑,完全可以坐享其成而优哉游哉了,但是他的创作和身影仍旧那么活跃,锐气不减。这么多年来,我知道他的腰椎不太好,腰椎病时常发作,但是每隔一段时间,我就能收到他签名寄来的新著作,可见他是多么的勤奋!同时,我能感受到徐光荣老师还是那么的率性坦诚和一丝不苟。说到这里我要检讨自己，去年某时，徐光荣老师曾特意寄给我一本他的新著，因为我当时正连续筹备几个大型会议，又适逢杂志社搬迁新址，里里外外忙得一塌糊涂，这本书我不记得单位搬迁时放到了哪里。月余，徐光荣老师打来电话，问我收到书否，记忆混乱之下，我说："没有收到啊？回头我再查查单位搬迁前地址的收发室。"徐光荣老师"哦"了一声，说："那我回头再给你一本。"不久后，时间空闲一些，我特意找了一下这本书，竟发现它当时被我放在家里的书柜里面。我想，这也就罢了，既然没丢，找个安静时间把它拜读一遍，也就没给徐光荣老师说这事。可是没几天，徐光荣老师打来电话："晓威啊，书你收到了吗？"

嗯？我心想，怎么又问我跟先前一样的话呢？

徐光荣老师又开腔了："就是上次你说没收到的那本书，我前几天托你们丹东的人又给你捎去一本。"

唉，徐老师，我真是汗颜啊。我的行事风格、我对文学尊重的态度，与您比起来，真是看出了自己的身影在您当年到现在的那件黑色长款皮夹克下面的"小"来。

不过，回头，十五年，要我归结为一句话就是：走进文学苦征程，幸遇老师徐光荣。

我想这也是许多人想说的话。

亦才亦德，致中致和
——纪念王中和

记不得确切是哪一年认识王中和老师了。但既然吾生也晚，对文学热爱也深，在同道之友的一些眼光中，遭逢的又是一个据说是文学风气强弩之末的时代，那总该是我十八九岁的年纪、二十世纪八九十年代之际吧。

其时我写了一个中篇小说，怀了很大的翘盼和期望，把它投到了《满族文学》杂志社。此前，我写的基本是一些类乎作文的习作，还有几篇微型小说，短篇则更少。这回努力写了一部中篇，自认为素材占有齐全，故事编织合理，结构匀称完整，前景定当不错。谁知过了不久，这篇小说竟被退回来了，尤其令人不解的是，退稿中附带了写有编辑部内部审稿意见的稿签，其中初审编辑和主编的意思，均为念及是本地作者，修改后可以发表，唯独一位叫王中和的人（时任副主编，主管小说），认为该作品尚显幼稚，修改无益，还是退掉。随信，还附有他写的五六页针对这篇作品缺点的便签意见，一一指出，毫不留情。说实话，我当初一读再读之下，非常心寒，暗想，这位叫王中和的人，也太不近人情了，编辑部另两位老师的意见都认为修改后可以发表——哪怕很勉强，怎么他却要从中阻拦呢？再说，人家高中毕业才不久，痴情文学，为了写这篇东西，又是下乡体验生活，又是搜集素材，回家苦心构思，又工工整整抄写，怎么连一句鼓励和表扬的话都没有呢？

但是慢慢地，我一点一点释然了。可不是吗！如果王中和老师真怕得罪人，或是真的有文学之外的私心，那他何必把写有另两位老师意见的稿签也一同寄给我呢？他这么做，不正是说明他的耿直、认真和光明磊落吗？再细细揣摩他写在五六页便签上的意见，从取材到提炼、从主题到人物，包括语言，乃至延伸到小说该怎么写、什么是真正的小说……对我的作品分析得一丝不苟，缜密翔实。惜乎我当初蒙昧愚钝，幼稚无知，对王老师的深意未知万一，未能醍醐灌顶，但是很能看出，王老师对这篇作品是用了真力的。

十年后的今天，回头看去，这篇作品确实让我汗颜，实在不够成熟。这篇作品使我在踏上文学道路之初，对自己保持清醒头脑、对文学保持恭敬之心、知道有一种潜在的声音应该基于艺术规律与艺术良心之上，我想，这种最初的启示应该源自王中和老师的批评吧？尤其是眼下，当我也做了一名文学编辑的时候，不仅是理解，而是更加钦服王中和老师所为的可贵与必要了。

此后，与王中和老师接触日久，知道他其实是一位很热情的人。稍后我去辽宁文学院读书，王中和老师给予了热情的推荐与帮助。迟至一九九三年，我才写出了一篇在创作风格上具有一定转变意义的小说，王中和老师读后大加赞赏，他亲自为这篇小说的题目题写了书法，并把它们一同发表在《满族文学》头题位置上。王中和老师当初读这篇小说时喜形于色的样子，至今仍历历在目。

《满族文学》开过很多笔会。起码对我个人来说，能够有幸参加笔会，多创作小说和结朋识友固然是一大心愿，但更重要的，就是每每能在笔会上聆听王中和老师的发言。那不外乎是关于文学的，关于小说的。我很爱听。王中和老师是我多年来认识的师长中，能够凭着本真的艺术经验和艺术直觉来分辨作品优劣而不是凭着个人趣味和喜好在艺术流派中做或此或彼的选择与排斥的为数不多的人之一。他有很高的小说鉴赏力，一俟发言，必认真准备提纲，加之讲话富于前瞻性和说服力，由是，我很爱听他的发言。

哪怕私下里，对一些我私人的事情，每每同王中和老师说起，从他倾斜靠近的身影和专注的目光中就可以看出，他在认真地倾听，之后，他会含蓄而发自内心地提出他的看法与意见，帮助我解决问题，这让我十分感动。王中和老师实在是一位不会敷衍的人。

还是在县里工作的时候，有一次，我到丹东办事，与几位朋友在街上邂逅了王中和老师，其时，他已不在岗而病休在家。见了我，他非要请我吃饭不可。据我所知，王中和老师几乎很少主动请人吃饭，但是那次，他执意要请，并说："这么多年，我从没有请晓威吃过饭。"语气中竟颇带自责。那顿饭，终于因事而被我推辞，我感觉王中和老师十分遗憾。还有一次，我们县里的一位作者，到丹东谈稿子，返回的时候，王中和老师竟一直步行很远，直到把他送到车站……这位作者就是我的诗人朋友祁顶，他不止一次跟我讲起这次经历，语气同样唏嘘感念不已。我想，无论有目共睹还是心知肚明，受过王中和老师直接教益与帮助的人，当是很庞大的一个数目吧？作为一名出色的文学编辑与师长，王中和老师对丹东地区乃至省内文学界的贡献，是非常卓著的。他不仅在一定历史时期推动与发展了《满族文学》的刊物建设，使它成为地区文化软实力的重要阵地之一，更亲手培养与扶植了众多省内外的文学人才，使他们在红尘滚滚的或喧嚣或沉默的时代，能够葆有一颗沉静与扎实的心，使人性在理想的天光曙色中翻飞与翱翔，并且生生不息……

是啊，王中和老师是一位执着认真的人，同时也是敦厚善良的人。以此论之，他是一位真性情的人。《中庸章句集注》有言："以性情言之，则曰中和。"我想，这是人如其名了。

补记：本文刚刚结尾之际，忽闻王中和老师因病遽尔辞世。惊诧莫名，不胜悲悼。

仅仅是两个月前，我接到通知赴上海读全国首届作家研究生班临行之际，王中和老师找到我，有嘱，他年近花甲，尚未出书，因身体不好，此愿甚迫。思来想去，决定将早年写过的一些小说，并散文和读稿札记，合为一册。另约几位文坛同好，作印象记，附于书后，以宽心曲。我何等幸甚，即表喏喏。

不想大道有恒，人生无常，王中和老师竟然离开了。事到如今，有一件事，我想说出也无妨了——王中和老师同我坐在编辑部办公室嘱我作文那次，苦于自己翻来拣去，少有满意的文章，对我叹道："我这一辈子，一对得起刊物（指《满族文学》），二对得起作者，唯独对不起自己。"让我无以回应。是啊，王中和老师早年负笈求学于名牌大学，学的是中文专业，学养深厚，又兼经历坎坷，才华完备，若穷十数年之力致力于文学创作，当也会在文坛上博得大名，可是他把一生中最好的时光全部献给了刊物、作者和读者。我想，王中和老师有这样的想法，并不自今日始，他恐怕是当初一踏入编辑岗位就有此念吧？但是，知其不可为而为之，这就是王中和老师值得尊敬的一面。

我们大家不要忘记他。愿王中和老师不牵尘烦，天堂好眠。

二〇〇六年十二月十七日于上海青浦西岑
选自二〇〇六年十二月中国文联出版社《舞蹈与火焰》

怀念张忠军

没想到第一次写张忠军，竟是以这样的文字形式出现。

虽然结下深厚友谊二十多年了，但是除了早年的书信和后来的频繁交往见面，我们竟没有为彼此写过一篇文字。机会也许是有，他在整理出版《对话或独语》前，曾让我写一篇序，我觉得责任太大，无法承担，遂婉拒。上海的《文学报》那年要刊发关于我的一篇作家印象记，我请忠军多次，而他出于真诚的态度，希望我请一位更有盛名的人来写。机缘于是错过。

我对他没有给我写一篇印象记一事耿耿于怀，在朋友们聚会和喝酒的时候，我曾开玩笑说（当然其实也是很真诚地说）："记住啊，等我不在了的那一天，你一定好好给我写篇悼词。"他马上回口，用他那种特有的明朗和果决的语气说："晓威，你别胡说，一定是我先不在了，那时你一定好好给我写篇悼词。"

命运竟安排得这么快！

得知他生病手术后在家疗养，我曾打过无数次电话请挚友帮助约定时间，我去看他，回话均是目前不便。记得最后一次，我有点急，曾跟别的朋友抱怨过：为什么我们那位共同的挚友总不让我去看他。后来得知，那时忠军身体确实虚弱，需要静养，并且他本人尚不知自己真实的病情，此时去看，怕惊扰了他。但是忠军也确实回话说，等他身体稍好，会约我出来见面喝酒。

很快，我接到北京鲁迅文学院的通知，他们从第一至第十五届十多年来的全国作家高研班里，直选四十二人组成一个"精英班"，要我回去重新学习。学习时间很长，三个半月，学习时间又很紧，因为我是学习委员，课务和各种研讨活动较多，需要我配合院里张罗主持。我进院学习了，但我一直没中断问询朋友忠军的病情。终于有一天，朋友回复我说，忠军本人知道自己的真实病情了，并且现在已住院。朋友说，估计等到我明年一月份学习结束回来后，见忠军还来得及。但我总觉放心不下，立刻跟院里请假，订票从北京返回丹东。

我说："大哥，我回来晚了——"他躺在病床上，眼角的泪水簌簌而下。我看着这个人，内心难受得不知该怎么办。我不敢上前为他擦去泪水，那样他会流泪更多。我忍着自己不哭。过了一会儿，他心情平静一些了，跟我聊起了一些事情。那天，我觉得他除了瘦了许多，精神还是很好的。他半躺在枕头边，说话时还是如他往常会议发言或是聚会聊天，专注于一个话题时，目光看着远方。他的内心仍有不熄灭的一团火，眼神仍旧是那么明亮和有力。我听着他说话，又似乎没有听，我一直耽延在怎么也不相信他会罹患眼下的病的顽思之中，不相信，不相信！像梦一样。突然，他聊到了我的丙烯画。我很奇怪，我开始画丙烯画不过半月啊。他说："我去过你的博客看过，真好，画得真好，我真喜欢，你一定要好好画！"说这话时，我看出他的快乐，而我也感觉我那些丙烯画的意境和况味，是跟他的人格精神相连的。我想起了他的诗歌中创造出的意象，一些句子，和无数的感觉。我说："你用心养病，坚持信心，等你好了，我一定给你画一幅！"他用力地点头说："好！"我还聊到了他的诗歌，让他在心情好的时候、躺在床上的时候，要写诗，要构思，可以口述让夫人记。我还特意问起了他今年写了多少，在外面发表的还有多少，他愉快和充实地一一告诉我哪里和哪里的刊物，都已留用和待发他的诗。

他哪里是个病人啊！

临走的时候，我再三叮嘱他安心治病，不久我会再回来看他。我至今记得他温暖、不舍和坚定的眼神。没想到这一别就是永诀！

我在二十多年前开始写作的时候，作品是不太受人关注的，甚至发表也比较难，肯于激赏我的人就更少。是他，那么欣赏我的文字，那么不吝于对我的表扬和赞美，并每年都频频跟我约稿，催促我写了更多的文章，给予我很大的写作信心！同时，因为他对文字的敏感和苛刻，加之副刊版面的字数限制，其实等于在我很年轻的时候，就及时训练了我日后写作的关于语言的自觉和俭省、凝练和张力，包括构思的精悍和留白。这些都是我从事文学到今天收获的宝贵财富！

认识忠军二十多年来，从未目睹或听闻他对文学做过什么苟且之事。他是那么低调又谦和，高贵又傲慢，从善如流，嫉恶如仇，为人忠义，为文赤胆。他秉持精神独立，不媚权贵，不简低阶，他的精神是丹东文人的精神，是诗坛的精神，也是我们整个文坛应予遵循的精神。他在短暂的一生中、在生活的重负中、在诗歌创作的繁迫中，二十多年来，扶持了那么多丹东的文学后进之辈，影响了那么多的人，泽被了那么多因文学而造益社会、服务社会的贤良之士，同时他本人的诗歌又在省内外有口皆碑，拥有广泛的读者。这个城市，风过万顷，驿路千条，我甚至觉得应该为他命名一条大道！

款曲诉不尽，奈何纸笺短。最后，我还是坚持说，忠军先生的英年早逝，是丹东这座城市的巨大损失，此后，其人很难再出了。

选自二〇一五年十二月十一日《丹东日报》

我读程永新

我最早见到程永新是十几年前，在电视上。巴金不愿意《收获》杂志刊登商业广告，中央电视台为此采访了巴金，随后采访了时任《收获》编辑部主任的程永新。我当时在父母的厨房里干活儿，急忙跑到客厅里看。电视上的程永新年轻而干练，那种虽不浑厚但却清晰和耐听的上海普通话嗓音，连同他的带有敏锐特征的个人想法，便从此印在我的脑海中。

真正见面是在二〇〇六年秋。我在上海首届全国作家研究生班读书，借去作协大厅听课之机到三楼编辑部，初次拜访了程永新。此前读过余华言及其貌和气质的文字，余华把他比作宋玉和潘安——"其英俊、其潇洒、其谈吐之风趣无人能及"。一见面果觉如此。只不过在电视或报纸上见到他背梳的头发，此时已经剃短，显出另一种俊逸和优雅。我记得我握手时的第一句话就是"余华说得没错啊"。他和旁边的肖元敏同时笑了笑。

他起身准备拿杯子给我倒茶水喝，我只好自己来。而他坐下后，擎起面前办公桌上的一把小紫砂壶，把壶嘴倾入嘴中喝了几口的细节，让我立时感到几分亲近和好玩。

这就是中国当代文坛大名鼎鼎的人物。他在二十几年前也就是说极为年轻的时候，亲自聚集了国内先锋派文学的势力，直接推动了中国当代文学的向前发展。他至今仍在做这个工作，只不过进入到更沉潜、更复杂、更广阔的领域，这个话题我后面再说。虽然先锋派文学在今天仿佛已式微和模糊，但是，我在一篇论及先锋文学的文章里说过其中一个原因："先锋文学启蒙或启发了落伍者，随着时间的推移，落伍者按照已掌握和已熟悉的地形图迅速跟进，并仗着人多势众而最终淹没了先锋。"先锋文学与现实主义文学的关系大抵如此。这恰是先锋文学的胜利。

几次与程永新接触下来，他给人的感觉内敛而矜持，在展现睿智和审慎的同时，又不失给你以信任。这一切恰到好处。他有时似乎是有一点傲慢的，然而你与他交谈，他的目光又非常纯净而专注，让你踏实，这倒比你与有一些人谈话，他看似平易近人、热热乎乎，实际早已对你心游界外、目骛八极要强似许多。这一点，你不用心，体会不到。

犹记当年第一次给他投稿的经历。那是二〇〇二年。其实，更早的第一次投稿给《收获》，应该是十多年以前，少年懵懂。受市场经济的负面影响，大多数文学刊物因经费所累，早已不负责退稿，哪怕附去邮票也不退——人家的人手和精力还不够呢。我时常把稿件附上回途邮票也泥牛入海。但那一次我投《收获》，是给了李小林老师。我少年的心思，唯怕刊物的编辑无论如何都不退稿。我给李小林老师写道："我给您寄稿，只是相信您会给我退稿。"果然退了,虽然未附一字。那篇小说我今天都记不住名字了,因为它确实幼稚。此后我再也没敢给它投过。

二〇〇二年我写了一部中篇小说,北京的两家刊物分别退稿。在寄给河北的一家刊物又遭碰壁之后,我准备把小说寄给一个更加低端的刊物,但是中文系毕业的、对文学有较好素养的妻子阻止了我。她磨了我一个小时,非让我投给《收获》。这怎么敢?可别让人笑话了。我嘀咕着。妻子的话进一步鼓励了我,她说:"你无非就是花几块钱邮费,等个把月时间,又没损失什么,不成再寄别家刊物。"她的意思就差明说了——这样你也值啊,害得《收获》去看你的稿。于是我换掉了信封,封面上写了《收获》的地址寄走。

仅仅过了十多天我便收到程永新打来的电话,很简短的一个意思:"写地下党抗战题材的,没见过你这样的写法。我们准备用。"

这部中篇小说就是《陶琼小姐的1944年夏》。

后来我写短篇小说《圆形精灵》给他,他也是很短的一句话:"这篇小说很见想象力,我们留用。"

程永新就是这样,他绝少废话。他跟我包括许多作家谈修改稿子,再复杂的问题他都用很明晰很简短的话。你悟到就悟到了,你悟不到就算了。他这人有佛心,你悟不到的东西他不忍你更加折腾受累。

他又不能亲自给你写。他若有时间他便自己写了。事实上他一直断断续续在写。这便不能不提到他数月前出版的两部新书:长篇小说《穿旗袍的姨妈》和文论集《一个人的文学史》。

其实不管怎么说程永新都首先是一个才子，然后是作家和大编辑家。他在复旦大学念书时就才华横溢，人缘也好，《收获》专点他去编辑部工作之前，复旦大学是准备将他留校的。他话剧演得好，也制作得好，后来策划并组织上演了一部《美国来的妻子》，不仅在国内影响很大，在美国也受到欢迎。在《收获》，一九八六、一九八七、一九八八连续三年，他亲自组发了后来声名大噪的马原、洪峰、苏童、余华、格非、北村、孙甘露、王朔、史铁生、扎西达娃等人的先锋小说专号，使得他们成为中国当代文学版图另一座隆起的山峰。

我认为《穿旗袍的姨妈》是一部优秀的长篇小说。它的抒写经验和创作姿态在曾经繁多的成长小说以及"文革"题材小说当中，显得江入荒流，与众不同。它选取的童年视角在我看来不仅是为了使叙述贴切，使结构精当，它更具有一种隐喻和象征的意味，它营造出一种与周遭的世界"隔"的效果，质疑"现实"是否即是"真实"。因为程永新的文化基因和地缘符码与黄浦江相浸融，他的这部作品既是海派的，又是中国气派的，是大的格局和气量所致。"海派"是因为它超越了常规的叙述伦理，"中国气派"是因为它合乎文而化之的广博定义。贾平凹说程永新写得"太洋"了，我想这正是从趋意悖形的角度说的吧？可以肯定的是，这部作品不会像暴富人颈上的金链条一样俗光闪闪，它像是取自夏风温婉的波利尼西亚群岛上的一小颗珍珠一样，在昏蒙的天色中发出幽明微光。

《一个人的文学史》我读了不止一遍。我不仅把它看作一个人的文学史，我更把它看作是一个"人"的文学史，而非符号化和公器化的文学史。事实上它也不能是。虽然我相信，将来的主流文学史，是不免要出现这部书里细节的用典和史料的钩沉的。它已在坊间悄悄流行，但它更大的意义应在将来显现。正如在书中有论者鸣不平："文学史在记录作品辉煌的同时，是应该有编辑家的一席之地的。"我觉得这可以假以时日。如当年北京《晨报副刊》的孙伏园之于鲁迅的《阿Q正传》、上海《时事新报·学灯》副刊的宗白华之于郭沫若的《凤凰涅槃》，作为编辑的他们被记入真正的文学史，不也都是几十年之后的事吗？

书中收入程永新的一篇大约发表于一九八七年的文章尤其引发我的兴趣，即《全国小说评奖哪儿出了毛病？》，他是在一九八五至一九八六年全国小说评奖刚刚揭晓时迅速提出质疑的。恕我孤陋寡闻，这篇文章我是第一次读到，但现在我敢断言，二十多年前的这篇文章，一定是当时全国第一篇公开发表的质疑全国小说评奖的文章。它让我惊觉于自己的记忆，即到了二十世纪九十年代初，全国持续十几年的优秀小说评奖开始取消，我记得当时冯牧先生对此有一段发言，他说鉴于全国小说日新月异和蓬勃发展的趋势，以及层出不穷的文学流派和不断多元的创作理念，此时数目有限和单薄的评奖机制，已不足以起到鼓励和繁荣文学的作用，反而会阻碍文学的发展，因此取消评奖。我不知道是程永新的那篇文章给了他们启发，还是两者之间形成意义暗合，回望程永新在那篇文章结尾处的一句话，"谁也无法用那种居高临下的态度来统摄绚丽多彩的文坛"，他的先见之明也许会成为有目共睹的事实。

程永新是真诚的。在《一个人的文学史》里，同时收录的还有若干篇作家们撰写的关于他的印象记,那里边记载了他被自己诸如"优雅""闲适""风趣幽默""思维敏捷"等品质所掩盖下的真诚。我一直固执地认为,考量一个真实的公众文化人物,不仅应该看别人怎样评价(写)他,还应该细究他怎样去评价(写)别人,后一个也许尤为接近他自己的精神本质,因为那里边必定融入他个人的思想、情感、观察方式、道德视角。收入书中的"我的眼"一辑,再现了程永新眼中的苏童、李陀、莫言、张承志、史铁生、王安忆等众多作家的思想和行为的人生剪影。这些印象记文字精当,用意深刻,程永新用哥特式的叙述笔法,使这些文字读来如探赜索隐,有得珠之趣。当然,这里边也饱含作者的率真之情,如《纪念萧岱》一文,当我读到程永新对这位《收获》的前任担纲人、他所尊敬的长辈落笔出现"我们忽略了,或者干脆说心底里已开始有些烦你了"的字句时,几乎瞬间被这种牵绊而沉重的坦诚感动出热泪。

《收获》曾经或者一直以来受到部分声音的质疑,说它越来越丧失了先锋文学的特性。程永新在书中对此做出回应:"我觉得,不承认《收获》的变化是闭着眼睛说话,但把过去的《收获》说成是先锋文学的阵地也同样是谬误……《收获》愿意是大海,海能纳百川,因为它胸襟博大。如果《收获》能真正享有'中国文学的窗口''文学史的简写本'这样的美誉,我们宁可不'先锋'。"之所以这样说,主要是《收获》编辑部早已形成以下的共识:"我们不排斥任何风格任何流派的作品,只要它是这种风格这种流派这种手法写作当中……比较顶尖的,我们都会选用。"斯言堪称精辟。我想,我们总不能把艺术上的偏颇理解为先锋,把包容等同于平庸吧?如果想弄清楚"先锋"的原本定义,只需回顾一下当年布勒东的超现实主义宣言以及尤奈斯库的谈话便可知道,他们无疑都在表达一个相同的理念:所谓先锋,就是自由。我相信程永新是自由的,那么他就是永远的先锋。

如果说,追溯巴金的哲学文化背景、考量他年轻时所服膺的巴枯宁以及巴枯宁在瑞士创办的《先锋》杂志,使我们得出不成熟的结论,即:巴金、萧岱时期的《收获》如果是以突破思想和内容樊篱著称的文艺刊物的话,那么,李小林、肖元敏、程永新正在效力的《收获》,则是以不拘乃至张扬缤纷的艺术形式为旨归的一本刊物。似乎没有哪一本纯文学刊物更像《收获》那样,除了注重思想性和艺术性,更注重文学本体、文学形式、文学语言甚至文字本身。然而,从某种意义上,谁又能说形式不是内容的一部分呢?我们看见一座伟岸的山,总不能忽略客观的审美特性和存在而直接说本质上看到的是一堆富含铜、铁、锌、铝的矿石吧?同样,我们站在浩瀚的海边,也不能说其实那是一些H_2O或H_3BO_3吧?我在近二十年前读到美国人浦安迪撰著的《中国叙事学》时就想,欧洲对文学形式包括叙事学的研究,历史已经极其久远并且形态极其成熟了,如果不从三千年前的《荷马史诗》为叙事发轫——那正是一部看重"怎么讲"或"怎么写"的产物——那么,也只好追究得更早,如罗兰·巴特在《叙事作品结构分析导论》里所言,"是在人类开蒙、发明语言之后,出现的一种超越历史、超越文化的古老现象"。果如其言。现在人家已经超越国界,把目光投向中国文学的叙事研究了,而我们还动辄一提到看重形式即讥为"雕虫小技"和"玩弄技巧"。我们看重的永远是"写什么"而不是"怎么写",也许,这恰是因为我们太看重所谓内容正确了吧?太看重内里的东西,比如骨头,比如精神,比如骨气,这样的作品当然容易制成标本和榜样摆在那里,但也暴露一点,它没有肉,所以没有生命。

从二〇〇二年至今,我在《收获》发表的小说有两个短篇和四个中篇。这六篇小说我没有见到一个错别字。其实从《收获》每年发表的二百多万字作品中,你也很难找到一个错别字。《收获》的编者体现了对文学哪怕是最基本、最外壳、最看似形而下亦即最朴实的文字本身的尊重。我有过两次被《收获》的主编李小林老师深夜打来电话惊扰的经历,一次是为了纠正一个讹字,一次是商榷一个词的用法。而这两次我一次正要入眠,另一次酒醉后独自坐在外面的马路边上。可以想见作为一家著名刊物的主编,李小林老师是亲自为作品校对到深夜的。《收获》拥有纯文学刊物中最众多的读者,编辑部也每天收到许多读者来信,有赞誉,自然也有批评,他们从不把赞扬的书信用"读者来信"的方式予以发表,他们知道尊重和回馈读者的最佳方式,就是节省版面尽可能发表更优美、更纯粹的艺术范畴中的文字。程永新接受访谈时说:"好杂志是有一种品格、有一种气质蕴含在里面的,很多读者喜欢一本杂志,也包括喜欢背后的那些无形的东西。"我想,这就是对作家和读者的一种富含人文气息的尊重吧?甚而,越过两者,更严格地说,是对文学保持一种尊重吧?更可能的是,读者对刊物的尊重,有时候包含了对这本杂志办刊人的价值观和生活中景行行止的尊重。

比较程永新写的那些印象记,我的这篇东西写得也许是过于冗长和潦草了。那么我只有采取一种断然的方式将它止住。

我还想起程永新有一回请我们作家班的几位同学喝酒，他倒满酒杯，说："我敬你们。"然后一口干了。同学中有人也包括我因为早已不胜酒力，只喝了一口。他也不像我们北方人那样再仔细检查每个人的杯子，看看有没有喝光，他只低头说了一句："我再敬你们一杯。"然后他自己把杯子倒满，又干了。

这就是程永新。

选自二〇〇八年第八期《红豆》杂志

长白山之子
——纪念胡冬林

二〇一七年五月四日上午,青年节,我正在抚顺等地参加全国多民族作家"东北老工业基地新一轮振兴采风行"活动途中,手机突然接到朋友短信:"胡冬林兄早晨走了!"尽管近年来,我身边熟悉的作家朋友接二连三地早逝,我接二连三地应约为他们写怀念文章、主持追悼会,甚至中间也包括我父亲的离世,一次次让我感到锥心疼痛,感叹人生无常,已庶几令我心生钝感,愿做掩耳盗铃和麻木自欺的僵人,但是,冬林兄猝然去世的噩耗,还是让我再一次陷入了忧伤的回忆……

我与冬林兄早些年并不熟悉。二〇〇四年我们同读鲁迅文学院第四届全国高研班,方结下十多年来的友谊。记得刚开学不久,就听说他是知名满族老作家胡昭的儿子,我虽未见过胡昭,但是在我曾经主编的《满族文学》杂志上,胡昭的名字是一直醒目地印在每期刊物顾问名单里的,直到他去世。不过我的性格是很少主动去接触我"心仪"的人，倒是胡冬林，有次在食堂吃饭的时候，跟我打起了招呼："你是于晓威吧？我叫胡冬林，吉林的，我也是满族。"

说实话，刚开始接触几天，我并不太接受他。一是目测我们大概有代沟，二是他的模样，虽然戴着眼镜，但是说话处事并不像个文人，衣着打扮也很随意，显得有点吊儿郎当。我见过胡昭的照片，英俊文雅，这哪里能和我心目中的胡昭的儿子相叠印呢？

因为他经常熬夜，也就经常邀请我和其他两位同窗好友去他宿舍里喝茶聊天。他烟抽得很凶，偶尔咳嗽，只一会儿，房间里就会弥漫着腾腾的烟雾。他经常会从房间的某个角落里搜寻到一些水果给我们吃。他跟我们聊文学、聊生活，聊一些他感到快乐的事。聊着聊着，他就会聊到森林里的事，聊到野猪，聊到兔子，聊到鸟，而且聊得密度之大、神态之投入、心情之忘我，让人吃惊。多半是，我看夜已很深，借口还要赶稿，先退回我的房间了事。但是他不介意，下次闲时，还是会把电话打到我宿舍里，邀我去他那里坐。

我慢慢知道他是写自然和生态题材的了。因为他待我为族弟，近我无芥蒂，我好几次想跟他说，既然他很早就做过刊物的小说编辑，又出身作家之家，为什么不从事"严肃"小说的写作而去搞什么自然和生态写作呢？实在是浪费才华。但是每当一次又一次他将他的那些容不得我插嘴的关于无数神奇的野生动物的故事灌进我耳朵时，我只有投降了事。

业余时间他喜欢打乒乓球。这倒对我胃口。他虽然个子不高，但是长得粗壮，爆发力强，每次赢了一个球时，他都会像个孩子似的，转个圈，仰天大笑，那笑声也极具爆发力，简直可以从一楼的门厅处抵达三楼任何一个房间。可以说，他的笑声是极具感染力的。我父亲在我很小的时候就告诫我，走上社会，看一个男人是否值得交往，主要是看他生活里习惯喊喊而笑，还是酣畅大笑。大笑者，大诚也。

果然冬林兄非常真诚和率性。每次众人散步或聚在他房间聊天时，话题扯到身边小人及社会不平事，他都会高声大骂，毫不避人。但是另一方面，他又极少为一己之不公而私鸣怨声。事实上，我感觉他生活中有他的苦，但是他从来不说。

我打乒乓球，贪玩无节制，经常是与几轮对手打到自己浑身瘫软，方才想起回房间写作。而冬林则不是，看得出他也非常爱打球，但是每次都是临下楼吃饭前那二十分钟，碰上有空档，他才打打，或者是他从外面回来，看到有人在打，忍不住"加塞"一下，但是仅打两场，不管如何快乐，也要歇拍回房间写作。

鲁院学习期间，是冬林创作的一个高峰期。更多时候他是独来独往，常常是躲在房间里写东西。将近五个月的学习时间很快过去，其间我爱人携我九岁的女儿来北京玩，冬林盛情地请我们一家出去吃饭，席间很爱逗我女儿开心，还答应过后给我女儿邮寄他写的书。

学习结束，我和冬林各奔前程。倒也没有依依不舍，因为同在东北，又知道彼此同在文坛厮混，再次见面当然可期。

回去后不久，有一天，我果然收到冬林寄来他出版的两本书。信封上是写我的名字，可是书的扉页上，写的是我女儿的名字，并且还附满了许多对她祝愿的话。仅仅一面之缘，他一不食言，二竟能记住我年尚幼小的女儿的名字，可见他是多么善良而有心啊！果然在毕业后的多年里，我们又在几次活动中见了面。只不过每次见面，他都行色匆匆，甚至提前离开。他跟我说过，这些年，他一个人去了长白山，在那里有一个住处，每天除了观察森林和其间的各种物种，就是写作。我感到他对此更加痴迷了，那无疑是他内心格外充实的表现，所以非常为他高兴。时光倏忽而过。二〇一二年的某一天，我打开电脑，忽然发现国内各大门户网站新闻首页，均出现了报道长白山发生五头野生熊被人取胆盗杀的事件，文中详细取证和介绍了此一悲惨事件发生的过程，并配有图片，作者呼吁社会要立刻予以关注。文章是胡冬林写的。我一直在网上关注事情发展，直到案件侦破，心为之宽慰的同时，也深深服膺冬林的义举和可贵的时代人文情怀。后来再见面，我跟他聊起此事，并嘱他多注意安全和身体，他似乎不屑跟我炫耀这些以往的成绩，只是比较忧心地说长白山的森林环境和动物生态情况仍不乐观。

而那时候，我们已从鲁院毕业快八年，这八年里我的文学观和世界观发生了很大变化。也许这不是我的变化而是社会在变化，我觉得我曾经不理解的冬林的创作姿态和价值取向，一点点变成了我在向他靠近。而他，长达十几年二十几年如一日啊，可见他的文学介入现实的自觉性早就形成了。

冬林非常佩服美国生态作家蕾切尔·卡逊的著作《寂静的春天》，他多次在记者采访中提到了它。而我觉得，就他的心性而言，虽然他远没有下面将要提到的这些人伟大，但是他是集合了达尔文写植物、法布尔写昆虫、梭罗写瓦尔登湖、蕾切尔·卡逊写生态环境于一体的热情之大成者，这一点他毫不逊色。同时，他在国内的当下环境，二十多年孤军奋战，文章运笔和哲学体悟形成独特的个体特色，无论在文学领域还是现实领域，实在是江入荒流，殊可称道。

冬林其实不愿意外界称其作品为自然文学、称其个人为大自然作家，他愿意自己成为一个生态作家。这不仅是对蕾切尔·卡逊表示某种精神衣钵的尊重，更是他厌倦讴歌赞美、深入体察忧思的象征。我觉得"生态"二字，在他那里，不仅是关于自然的"生长态势"之义，更是他对这个深情的世界采取何样的"生命态度"问题，这才是他的"生态文学"题中应有之义。

冬林兄的猝然离去，不同于我以前的低落和悲伤，我从他的离去感到了他的一种豪迈。因为我这两天总是这样想，假如上帝对他说：赤子！啊，孩子！你对这个世界的热爱以及你的任务，业已完成，一切从此均好，你可以放心了。如果上帝有此诺言，我想，冬林是不会在意他的生命去留的。冬林兄，你安息吧！

选自二〇一七年五月十日《文艺报》

我的朋友周洁茹

周洁茹，我们彼此不认识，更没有见过面，但是建立联系后她的第一句问候就是："我要和你打一架。"

我从没有招惹过她，真的。从来没有。她是在江苏文艺出版社副总编黄孝阳的朋友圈里，看到过一张照片，几个人同时在新疆的草原上跳起来摆造型，而我跳得好像太高了，又貌似有一点武术的架势（其实就是电影《少林寺》里面李连杰飞身踹计春华的花拳绣腿版，学名是腾空鸳鸯腿）。我觉得她适合做侦探，符合这一职业的基本要素就是细心、聪明、有将局部事物整体勾连并导出逻辑的能力。因为她后来在文章中写道："看他跳得那么高，地面上还有阴影，这就太神奇了。"——你看，她竟然通过我的身体在地面有合理造型的阴影来推断这张照片不是 PS 的。

另外她也勇敢。敢跟我打一架。这就更像个侦探。

我说："好啊。"很奇怪我当初为什么这样回复她。按我的性格，我不会这样跟陌生人说话。

但是陌生吗？怎么会。我刚刚写作没几年，就知道她。我二十世纪九十年代初就开始正式写作，在我还苦于摸不到如何写好小说的法门呢，她就已经非常出名了。其实，只要是生于二十世纪七十年代的写作者，甚至前后再扩充十年，如果不知道周洁茹，那几乎愧对文坛。我说是愧对文坛而不是愧对写作，也许是有的作家一心面壁和苦心孤诣阅读写作，两耳不闻窗外事，平生只为名山书吧。但那毕竟是极少数。

后来我们不知怎么聊到了《收获》杂志。我说我当年在《收获》发表过两个短篇和四部中篇。她回说："真的啊？"她若是转过身聊一下别的也还好，她说"真的啊？"我一下子就觉得我打不过她。

她说她已经中断十五年不写作了。我回头一数，我也差不多有十五年不大写东西了。但是，她比我小六岁呢。

我们不认识，而中间的空白地带，又仿佛是共同经历的。

也就是从那次起，我知道她这些年，从内地去了美国，又从美国去了香港，现在是《香港文学》的主编。

还记得有一次，她跟我说过，她要给我写一篇印象记。我很诧异。但是她随后就貌似得意地说："怎么样，没见过你，能写出印象记，你不信吧？"有什么不信？我的迂夫子式的文学伦理占据脑海。卡夫卡没到过中国，不也写出过《万里长城建造时》？不过说到底，我还是有点儿不信。起码这种事，我没干过，也不知道怎么来写。

说了也就说了，没多在意。但是过了一段时间，因别的刊物需要，希望能有关于我的一篇最新印象记，我想起这事，又担心打扰到她，人家当初不过是随口一说，我若重拾话题，岂不是应了法国思想家蒙田举过的那个例子——一个人今天约你明天吃饭，你明天去了而他没去，这不是对方违约而是你在违约。因为对方是今天说的话，又不是今天请你，所以要牢记时空与心情的转瞬即逝和非此非彼原则。于是我只好问周洁茹："帮我干点活儿行吗？"她马上回："好。"我说："连干什么都不知道，你就说好？"她说："对。"

没过两天，她就把印象记写好了。

偶尔也在微信上聊一会儿天。小说的事还真是不怎么谈。她跟我聊电视剧、王千源，也聊一点日常，更多是聊几位我们共同的朋友，还有办刊物的事。某年，因为刊物需要，我约她给一张书房照片用于刊登。她出乎意料地跟我对峙，说没有。我说这怎么会？书房……作家……你写作的空间的照片而已。她说："我写作时可以在餐厅的饭桌上写，你要厨房的照片吗？"我小心翼翼地说："办公室，办公室写作的环境也可以。"她说："办公室写作，怎么会，老板是要炒我鱿鱼的哦。"

我猛然醒悟过来。香港，我是去过几次的。

我每天早晨五点四十五分就要起床，每天往返上下班的路上就得三个小时，你要知道，我每写一个字，就是对一个家庭主妇的身份的冒犯——哦，你现在就可以跟外界宣布，你正跟我约稿，周洁茹回答你："等等，我正在洗衣服，等我晾晒好再说……"

隔着屏幕我们许久没再说话。我想，我们该是同时想到了伍尔夫的那本隔了将近一百年的演讲——《一间自己的屋子》。

我想，这才是一个有才华的作家的样子。她不仅与现时代氛围合体，也与一百年前的有才华的女作家的灵魂相称。

在时光沙漏的大把流速中，她可以聊天、聊美食，一杯咖啡端至夜深，也可以在晴日里，在香港的某一条街道里，细心观察贝果店的铺陈、陌生的店员以及擦肩而过的收纸皮的老太太……她记录她和这个世界的罟网以及与个体灵魂的每一次触摸，就像物理的电与磁的效应一样，虽不相干但是有萦绕——同时，在事情的果决处，她又从不废话。

果然，隔了一夜，她把书房照片发给了我。

我仔细地看了好多遍。那么温暖。看不到阳光的投射，但是一束强烈的鲜花夺目在那里，让你感觉阳光灿烂。

我不是时时关注她朋友圈。有一天，我们一位共同的朋友，给我发来她看到的周洁茹的朋友圈里的统计，对我说："你看看，周洁茹五年来发表了多少作品！"

细密的表格上，列出了她五年来公开发表的所有报刊的名称、目次和数量。小说：五十个。散文和创作谈：七十个。

周洁茹你是怎么做到的？

而我分明记得，你说过，你在夜里，曾经梦里也在办刊物，因为一个字没校对出来被吓醒了。

所以我曾经问过周洁茹："你是真的周洁茹还是假的周洁茹？"

我还曾经约周洁茹写过一篇文章，她写下的题目是《回忆做一个练习生的时代》，这篇文章让我读得几乎泪目。我觉得这是她写得最好的散文之一。说它写得好，是因为它写出了我们那个年代的作家跟现时代无法道出的物事和伦理，以及遥望天边云朵般那种无由的蕴藉。你正常地说出了，那就不是了。果然每一个时代的作家有每一个时代的作家的故事。在这篇文章里，周洁茹似乎什么都没写，但是她和盘道出了所有。

我记得周洁茹写过一句话："谁先感到寂寞，谁就先输了。"

于时代而言，确实如此。于个体而言，无言如斯。

我突然似乎也许大概差不多能明白，周洁茹为什么要跟我打一架了。

选自二〇二一年第八期《西湖》杂志

我看巴音博罗

我最早认识巴音博罗的时候,他还是一个诗人。

那是三十年前,我在认识他之前,其实从朋友的嘴里听到过他的名字,这个名字跟某种热情洋溢、肯于帮助普通和未成名的作者有关。他那时候扶持了许多作者,推荐他们的作品,我时有耳闻。

真正认识并跟他有了接触,是多少年后的事。我们一起成为辽宁省作家协会的签约作家。他那时候给我的印象,比较活跃、嚣张、留长发、有诗人特点、爱喝酒、每每聚餐必激扬文字,同时,哪怕在比较正式的文学座谈会上,也发言犀利,每有独见,不落俗流。

又因为我俩同是满族,居住地又相邻,自然对他多了一份亲近和关注。视他为兄长。

巴音博罗有满族人的直性特点。印象最深的一次,某年(他那时也就三十来岁吧)本省搞了一个近年作家群体成绩展,玻璃柜台里展示的是一众人等的著作，墙上挂的是他们的各种获奖证书，琳琅满目，不一而足。大家翘首围观，但有些获奖证书，明显有山寨版奖项之嫌，名头挺大，其实不过是花样枕头。大家心里窃窃私语，但也不好说什么，只是在看而已。霍地，巴音博罗从人群中挤到前面（原来他也一直在人群的后面看），一只手从墙上挑出几个证书，啪啪啪分别甩到地上，嘴里嚷着："这都是什么鸟奖，它们只配在地上待着！"

这印象我二十多年不忘。我当时觉得，巴音博罗不仅是我的兄长，也是我的老师了——只有名气大的人才敢这么做。另外，他也用这种狷介的行动教诲了我，虚荣之心与荒唐之誉，不如不得。

我不懂诗歌，但是这不妨碍我们的交往，何况他的诗歌在文坛早有定评。后来又看到他写随笔和散文，在思想和内容以及审美法度和气韵修为上，多了一层沉淀和内敛，我很喜欢。再后来，又看到他发表不少小说，甚至还获得过《北京文学》的小说奖。这些都足够令人艳羡。

我俩一年能通几次电话，但也就是通通电话而已，基本上没什么实际内容要说。这种通话的形式就是代表它的本质意义，即，朋友还是要多来往。突然有一年，他给我打来电话，说了一件令我吃惊的事，他说他要辞去省作协主席团成员一职。这么重大的事情，他在决定之前跟我说，我觉得这是对我莫大的信任和亲近。我当时就劝阻他，并且问他为什么。他说没什么，就是想轻松些。我知道，这个所谓"轻松"，不是体力和精力上有多么消耗，其实作协也就每年那么一两次会，他是想在心灵上轻松一下也未可知。或者说，是在生命的概念和观念上，在"存在主义"的私性角度上，做一次解脱。我在再三确认他不是出于对作协的具体事物有什么看法之后，感到释然，于是不再劝阻他。是啊，好多年前，我在偶然接触佛经的时候，知道人间际会和机缘的道理。树木破土而出是缘分，花朵凋谢落地也是缘分。一切的一切，只不过归为四字："缘分到了。"说"缘分到了"不是指缘分结束，而是缘分开始。既然"缘分到了"，我也就不好说什么了。

之后，好多年没有再见巴音博罗。因为不经常在一起开会了。去年还是前年，我忘了，当时我正在一个嘈杂的场所忙着什么，巴音博罗给我发来微信语音，啰里啰唆地讲些什么。因为我的手机信号不好，也因为身边环境嘈杂，我几乎听不太清他说了什么，但是又担心有要事，不能不认真倾听。后来，我终于听明白他说的意思了。他说他在办公室收拾旧的物品，发现了十多年前他亲手装订的一厚本作品剪报，因为他多年来有个习惯，只要在杂志上读到过哪篇他喜欢的小说，就从杂志上撕下来，单独保存成册。今天他发现这里面有他当年保存的我的某个中篇小说，就又重读了一遍。他说一大早，他重读了两篇小说，一篇是村上春树的，一篇就是我的这个。

他给我拍来了保存的作品图片。我当时很感动。连我都要把这个小说忘了，他还如此珍惜。这也让我再一次确定，巴音博罗后来不断地写小说，不是兴之所至和空穴来风的，抛开我那篇不值一提的拙作不论，他对小说是有着长时间的潜心研读和积累的。

随手，不知怎么，他还给我发来一张他拍的在办公室窗台养的花卉的图片,我仔细看了,那是许许多多盆栽的多肉植物,仪态妖娆,旺盛而有静态的侘寂和禅意。这使我怎么也难以跟印象中曾经那么"嚣张"的巴音博罗联系起来。

我的耳边不断响起巴音博罗在微信语音的开场白说的那句话:"我今天早晨六点钟就醒了,发现天气这么好,于是我一想,还是早点到单位读书吧!"

我想,这就是他多年来的生活状态吧。

巴音博罗多年来一直坚持画油画,而且是极其认真地在画。我在他的油画里看出属于他独特的调子,以及炫丽而大胆的用色方式。他的绘画充满了后现代主义意蕴,画面节奏跳跃,但是思考质地永恒。你会感觉到,他有一种很奇妙的能力,打个比方吧,好像能将最不相干的两种事物——最幼稚的童话与最庄严的圣经融合在一起,将传说与现实融为一体,将过去与未来融为一体,也将心灵与肉身融为一体。

就如同,我手边他的这两篇小说新作——《另一个人》和《会流泪的鱼》。在第一篇里,他以最平实的语言,讲出一个最多义的人生玄机。我们从中似乎可以窥见加缪的《局外人》的哲学意象或者是法国哲学家鲍德里亚关于"虚影"概念的阐述,也或者是,罗兰·巴特对着自己的某张童年照片所说的:"我有时候看着他,仿佛不认识自己。"在他的这篇小说里,表象与现实进行了重叠,经验与思想也进行了重叠。这就是人的生活时间。而在第二篇小说里,巴音博罗借用会流泪的鱼,讲出了一个时代的隐喻。它的叙述路径仍旧是"重叠"。人与物的重叠,现实与历史的重叠。只是这重叠里,有时候隔着巨大的深渊。这种深渊就是人性通往愚昧的坦途。他的小说，一方面有着马塞尔·埃梅似的幽默与平实的叙述，另一方面，又具有罗贝托·波拉尼奥似的荒诞和机智，他使事物的"能指"变得虚幻，同时又使意义的"所指"成为现实。

前几天，巴音博罗携夫人开车从外地专门来到我所居住的城市里的工作室小住两天。我们朝夕相处，彻夜谈天。但是不论谈什么，我吃惊地发现，巴音博罗变化非常之大，他不再像以往我印象中那么愿意指点世事、纵横臧否、语调激扬了，现在多了许多沉静和内敛，甚至是平和与包容。也就是从那一刻起，我突然觉得，这跟他曾经给我发来的他窗台上养的多肉植物照片的行为，丝毫也不违和。

我最早认识巴音博罗的时候，他还是一个诗人——对，仅仅是一个诗人。如今，虽然他除了写诗，也写随笔和散文，也写小说，又从事绘画，他已由诗人或作家，演变成为一个艺术家——也许，诗人或作家，这些身份或名衔所代表的背后的技能与特长，在客观上，都不过是谋生的一种手段，而唯有艺术家，是对应人生和社会，将自己的一切行为化作了艺术，时间生活，或生活时间。

所以，我此时之所以要说，巴音博罗"还"是一个诗人，是仍旧的意思。就像他的所有作品，诗歌也好，随笔和散文也好，小说也好，油画也好，一直具有铿锵和纷纭的思想，只不过，像他本人一样，渐渐变得沉潜。而沉潜，往往是一种更大的力量。

选自二〇二一年第六期《长城》杂志

与老藤先生二三事

我与老藤之间,其实没有太多交往。有的,只是短暂的两年工作关系,他曾是我的上级。但是我尝闻,真友情不以时间论,我们虽然交往时间短,但彼此的友情和倾心是真挚的,也是牢固的,更有一份如今时代难得的默契。我很珍惜这位朋友兼领导。

既然写到交往,就不能不提到工作。因为除了工作,我似乎也没有其他可写。那么,事情就从二〇一六年末开始吧。往事竟历历在目……

那时候,我还算是省作协主管下的辽宁文学院的半个专业作家,平时在异地写作。有一天,突然接到省作协副主席金方女士的电话,大意是,省作协经过调查和研究,决定请我出任省里的《鸭绿江》杂志主编。记得电话谈了近一个小时,我找了不下五个理由婉谢组织好意,最后谈话气氛稍微显得有点僵。后来金方女士叹口气,幽幽地说了一句:"新来不久的滕书记,也要亲自找你谈话,那你见不见?"

老藤那时候刚从大连市委宣传部常务副部长任上来到省作协,任党组书记兼副主席才一个多月(因为主席需要换届选举,所以不久后老藤成为主席)。他到省作协履新后,我还没见过。听了金方女士的话,我犹豫了片刻,只好说:"那得见。"我再怎么文人气,也知道新来的领导,从礼节,从工作,不论从哪个角度考虑,还是要见上一面的。不过我私心里想,虽然见,但是这个主编,我还是不做。

约定是三天后见。

其时,我父亲重病在床,已是弥留之际。我平时腰椎不好,这一天,在床上试图抱父亲起来的时候,我不小心一用猛力,瞬间把腰更加扭坏了,当时就痛得直不起身来。医院的大夫检查了我的情况,当即要我原地不动,封闭治疗。可是次日就要去沈阳见老藤,不管怎样,跟人家约定好时间,又是第一次打交道,我不能违约。眼看着自己行动不便,连弯腰和拎包都不能,万般无奈,我只好跟大夫说,先给我打些能止痛的药吧,哪怕只管一天,让我能勉强走路,回头再说治疗的事。医生给我打了止痛药,又在我衣服里面缠上护腰,同时,我又请我的好友、《满族文学》杂志的主编宋长江一路陪扶着我,乘高铁来到沈阳。

我俩到了省作协大楼下,我不想被别人看见自己的伤兵模样,于是宋长江先行离开,我装作若无其事,乘电梯上了楼。

在老藤的办公室,金方女士也在座。我们相对坐下来。

坐在我面前的那个男人,其实不论从哪个角度讲,都可以称得上是相貌堂堂、体形稳健、目光清亮。他的语音带着特别的洪亮和赤诚。

他首先讲述了自己年轻时对《鸭绿江》杂志的感情，确实，我们都知道，那是一本国内创刊时间可谓最早的文学杂志，一九四六年创刊，那时新中国还没有成立。《鸭绿江》的首任主编，是写出过现代文学史上的名著《暴风骤雨》的周立波先生。老藤接着说，他和党组织都非常重视《鸭绿江》的办刊工作与未来发展，他上任之初，就做了很多调研和了解，也征求了一些省直作家的意见，大家认为我做主编，似乎能把目前的刊物办得更好。

老藤接着说，他只提两点想法：一、《鸭绿江》已有的编辑人员去留或安排，尊重我的决定，党组织不干涉；二、《鸭绿江》的办刊经费问题，由省作协负责解决，我只埋头把刊物办好，不必分散精力。

老藤大致讲了不到二十分钟。我在他的简短而真挚的讲述中，内心是处在激烈矛盾中的。一方面，他讲得让人无话可说，我何德何能，能令组织信任；另一方面，我又确实倾心写作，之前办了多年《满族文学》杂志，实在累了。但是他讲得那么性情，那么真诚，令人动容。办公室里的阳光照着，老藤那娓娓的叙述，使我仿佛又重温了一个理想与激情的时代。是的，虽然我们彼此还不熟悉，但我们都与这个时代有过交集。我相信这个人能够肩负起领导辽宁这个特殊大省的文学工作，也会不负于大家共同的使命。也就是在那一刻，我的脑海里清晰地划过一句话——"士为知己者死"，何况，我接受的是一件虽然辛苦但也有宽慰感的事业呢。

于是我答应了。

把杂志社从原址的鸭绿江街搬到省作协大楼内，办公的第一天，老藤来到我办公室，送给我一块小小的挂玉作为纪念。他什么也没说，我也没说什么。我看着那块晶莹剔透而温润的玉，知道老藤要表达和激励我的是什么。

不久后老藤专门召开党组会，听取我即将着手对《鸭绿江》改版和提高质量的汇报。也就是在那次会上，老藤说："今后，我们省作协的党组成员，谁也不要给《鸭绿江》推荐人情稿，这事从我做起。"

事实证明，在我做主编那几年，党组的几位领导，确实没有一位给我推荐所谓人情稿。

正因为如此，我不敢率性而为，只好兢兢业业，努力把刊物办好。在老藤和党组领导们的关怀下，在编辑部全体同仁的努力下，刊物竟然真的很快取得了一些成绩和好评。有一次，金方女士去江苏、上海等地作协交流，回来跟我说："外省的很多作协领导和人士，都表扬咱刊物办得好。"我说："你就师傅夸徒弟吧，是为了给我套笼头，让我好好干。"侧旁时任创联部主任的李海岩兄马上说："没有没有，我陪金副主席出去调研的，金副主席说的都是真的。"

刊物办得好，我知道最高兴的是老藤。在他身上，传统志士与文士的血脉更多一些，同时，他的身上也有一些天真的孩子气。我还记得改版后的第一期刊物出来，崭新崭新的，我去老藤办公室拿给他看，他马上从座位上站起来，离开桌子，站在地面的宽阔处，双手捧着，赞不绝口，脸上满是喜悦笑容，末了，他还忙不迭地掏出手机，说："我得拍一下。"那一刻，说真的，我很被他感动。

金方女士曾跟我说，在老藤身上，他对工作与事务的处理，特别有经验，也特别智慧和公正。老藤本名滕贞甫，他早年经历多，做过机关办公室工作，也做过区纪委书记，市委宣传部部长，同时也是一位作家。在他身上，传统的儒家思想和温柔敦厚之风，尤显突出，同时，我觉得，他为人做事，也特别妥帖而怀远，自然而然，从不给人以生硬之感。这除了多年的文学浸淫之功，就是他心性使然吧？在老藤那里，我学到了很多东西，让我感喟的是，改革开放以来，党对文学工作和作家的指导方针，在作为领导的老藤身上，融会贯通得最为恰切，他是深得其中精髓和要领的。他从不自以为是，也不居高自傲，他在日常的工作细节中，表现的都是一个普通的人的行为日常，以及与下属平等相待的亲和力。

彼此的工作既然步入良性轨道，我与老藤也可以在工作之余，偶尔谈谈闲事，当然，也包括他的某些苦恼。比如，有一次，他跟我说，他很纠结于一些人的微细的看法，其实这种看法，他不用说，我也熟悉，不仅因为我经历过，而且我深知，这是出于某种人性。他说，有人说他只顾自己创作，也有人说他的作品发表有借自己位置和影响力的因素。我当时心情颇感沉重，沉重的原因是，即便如明达和清平的老藤，蔼蔼者与人为善，亦不能免于口舌干系，可见我们身处的环境还是有它的混沌之处。当然，我也比较激愤地说出了我的看法，算是反驳这种类似的杂音：一、老藤并没有只埋头于自己创作，他领导省作协对辽宁文学质量的整体提升付出了自己辛勤的汗水,事必躬亲,为大家服务,取得的成绩,是有目共睹的,如果我一一客观点数,未免显得俗气和自不量力。同时,我对老藤说,作为一个省的作协主席,如果你自己的文学创作没有搞上去,还如何领导作家?还如何服众?还做什么主席?作协主席在做好工作之余把自己的创作搞上去,这简直是天经地义,不仅不该被非议,还应该被极大地鼓励才是啊。二、了解老藤的朋友都知道,老藤在二十多年前就已经是一位优秀的作家了,他的许多小说在重要的文学刊物发表,曾获得首届东北文学奖。只是多年以来辗转宦途,奉勤公务,中断了许多写作时光,无暇从事创作而已,如今到了新岗位,有了一点时间,可以奋力将积攒多年的生活感悟通过笔端表达出来罢了。甚至,又有几人知道,老藤在省城极少有业余时间去参加什么应酬,他每天坚持写几千字,都是利用下班后的夜晚时间。孤陋寡闻如我也深知,很多文学人才,是因为之前写得出色,才被派往文学编辑或领导岗位,不过那也未必都出于自我意愿;而此前无有文学建树者,或能由于命运安排来到文学岗位,从而一发不可收拾,创作如有神——这样的例子有没有呢?也许有,但委实少之又少也。因此,有人暗地里说的那些话,完全不足为凭,也不值得辩解。

正是因为老藤的集腋成裘,我们才持续不断地读到了他的大量中短篇小说以及长篇小说诸如《战国红》《刀兵过》《北地》《北障》《北爱》等优秀作品,而老藤本人,也两次荣获全国"五个一工程"奖和其他重要奖项。

某年的疫情期间,我所居住的城市饱受疫情之苦,老藤曾先后三次打电话给我，询问和关心我的日常。这是我接触官员的经历里所并不多见的。而在那之前，我已跟金方女士打过招呼，因为刊物已步入我当初意念中的轨道，我准备请辞《鸭绿江》主编，回归我的文学梦。不久省内机构改革，我又跟新集团单位递交了两次请辞报告，终蒙批准，这是后话了。我的意思是说，其时，我已不是老藤的直接下属，但他还能念我于寻常节点，可见老藤也视我为朋友。

曾有人要我用尽可能精简的话评价一下老藤，我只用一个词来评价他——"君子"。熟悉他的朋友都说，我的评价既准确，又中肯。

我有时候会猜想，老藤在某时与某地，大概也会感到一种孤独吧，但愿他没有。如果有的话，我自认为这种孤独，我是可以深谙并与他感到默契的。就像我在此文中详细地写了我的办刊经历，我愿意再一次重申，那不是出于别的，因为在《鸭绿江》杂志创刊七十五周年拟出版纪念文集时，有编者同仁请我写一写这段经历，被我婉谢。我写此文的目的，实在是因为想说明，在这个时代，在文人中，仍有你值得信赖的人并信赖你的人。你们彼此同舟共济过，结下过真诚的友谊，哪怕这份友谊在任何无声的角落，都可以辉映一下自己的心灵，这就值得骄傲和庆幸。

老藤就像一棵顽强生长的常青藤，属于文坛，属于真朋友。我祝他越写越好。

选自二〇二三年七月二日上海《青年报》

第三辑

品读

《乡邦札记》读札
——读丁宗皓散文

对于一个浸淫汉语言阅读多年的文学创作者来说,丁宗皓先生的散文著作《乡邦札记》首先在书名四字的声调与音韵上,就让我感觉到一种层递、跌宕、周正、蕴藉与响亮之美。南朝宋鲍照在《还都口号诗》里有"君王迟京国,游子思乡邦"之句,近人作品中,我只在秦牧的回忆录《漫记端木蕻良》中读到过"乡邦"二字,"当时大都怀着深广的忧愤写版图的变色,乡邦的灾难"。"乡邦"在当下来说不是一个常见词,之于"故乡""家乡"而言,"乡邦"因生僻和陌生化效果,反倒符合一个学人与游子对故乡的身疏与情近的对立和矛盾情结。

更重要的是,在汉语语义里,"乡邦"不仅指故乡,也指故乡的人。《乡邦札记》涵容的正是这个意思。君子四海为家,以德为邻,以心灵为故居,《乡邦札记》也有许多篇目写了外省与外地,但它们都不失为一种抵达心灵故乡的通道。

《我自己的黄金时代》，我至今不知道这篇文章是怎么写成的。这篇文章完美得几乎令人绝望。它只有九个小节，每个小节不过几百字，拢共不过三千字，叙写了爸、妈、哥、姐、叔、我以及三个场景，竟然就构成了一个人的时代——黄金时代。其珍贵俭省的语言，让人不由想起康·巴乌斯托夫斯基的《金蔷薇》，那是作者在世俗的文字尘土中，以才华和汗水提炼出的金子粉末雕塑出的一个人的黄金时代。

除了语言，这篇文章的结构、节奏、主题等等是如何创造出来的？它也有一个所谓的"黄金分割率"吗？

试想，如果没有"吹火""电影""现在"三个场景独立和混搭其间，在全文中构成停顿式的楔入和漫延，单单写六个人物，全文会有一种机械的丰满感。但是三个场景润泽了它们。它们等于是写实派绘画里的明暗关系色调、叙事风格电影里的空镜头、音乐演奏里的滑音，呈现一种立体的生活质感和美。

还有，如果没有第一小节母亲的"吹火"形象："母亲坐在火边，为我缝制红衬衣""她吹火时嘴型是圆的，让气徐徐而出""她尽量凑近火苗，还时不时用针轻轻地划一下头发"，那么，如何会有第三小节继续写母亲的让人阅读的感动？如果没有第五小节以"姐姐"为代表的孩子们的天真和顽皮，既虚荣炫耀穿新衣，又贪玩于雪地上打滚儿，那么，第七小节的"电影"里的孩子们是否在行文上会多了一些突兀和单调？

勾连、牵扯、纠缠、互映，欲彰实盖，看似漫不经心，实则暗含力道。这就叫匠心。天然的匠心。

包括在文学史上，我还没有见过哪一篇文章，连同标点符号在内也不超过二百字,就深刻、优美而伤感地写活了一位母亲。对于丁宗皓先生写《妈》的一节,文本之外的任何阐释都会流于苍白,因为该文内容就是形式,形象就是理论,不证就是自证。好在篇幅极简,张力极大,我冒昧呈献于此,与读者共享。

妈

一层很薄的窗户纸,就能把整个冬天挡在外面。妈妈开门时,后面会跟进来一些雪花。她的衣襟里,兜着一些榛子和核桃。我们总是在炕沿上砸榛子,因此,炕沿上总有几处小坑。

妈妈的妈妈,就是我的姥姥家,炕沿上也有同样的小坑,妈妈也爱吃榛子。那时,几乎家家如是。那时,妈妈是一个爱哭的女人,在深夜里,我经常在她的哭泣声中醒来,我翻过身时,哭泣声就忽然停止。

妈妈转过头来反问:怎么了?我所看到的,却是她的笑脸。

我把这篇文章视作艺术性深邃兼人性奥妙的经典之作。

这样的文章在《乡邦札记》里边俯拾即是。我发现,之所以有那么多的人喜欢这部书,原因之一是,这大抵是许多人熟悉的生活;原因之二是,它使用的文字大抵是颠覆了人们所熟悉的文字。也就是说,由着叙述语言的重生与再创,它提供的是另一种感觉的路径。我们称其为"哲学目光"。

《乡邦札记》让我读出了极简主义的文言功底、萧红的白描式乡村情感、诗人的敏锐和激情、小说家的结构力、思想者的洞察力。

将能够晃响的牛铃挂在家门上，开门时发出警示之音用以防盗，是谓"铁狗"。十几年后无人含玩，"我摘下它，好像它就醒了"（《往迹三四·牛铃》）；"我那时在恐惧中期待着能够来只鹰，我好放一枪。可是，最后只是来了几只撩闲的乌鸦。看见了它们的样子，我高兴得都要哭了"（《往迹三四·牛角》）；"抽烟的时候，我划着一根长长的火柴，然后把它斜立在空气里，看着火涸着火柴小小的身体"（《软火》）……说静物如同动物、说铁器能够醒来、说高兴得要哭了、说火如水一般涸着，博尔赫斯所谓的"矛盾修饰法"在《乡邦札记》里如被播种的稻谷一般处处弥散，粒粒珠玑。

"矛盾修饰法"即是哲学上的对立统一。它不仅在艺术上体现出描写主体的个性化，增加渲染力，它更能在哲学上通过平行结构引发两个不同概念的对比。考量《乡邦札记》的全书立意，我们不难发现它其实也是在更加宏阔的意义上体现了这一特征。现代文明之于乡村与田园旧梦、紧张之于从容、变化之于守望、严肃之于温情、鲜明之于含蓄，它们都是中性词，不分属于褒贬阵营，然而，它们合在一起形成了不协调的关系。整部《乡邦札记》，我读出的是一种现代主义人文情怀和愁绪。

我一直认为，好的文学作品，一定不是给读者提供了这个世界的答案，使世界看起来变得简单，而是相反，它永远只提出观察的问题，使世界看起来更加复杂。这种复杂的因子和理念，会互相牵绊与制衡，使文明发展不致跛向某个极端。也正是在这种不同理念的框架空间和结构缝隙中,得到滋生并斑斓起来的才是生活和人性的真实姿态。也许这就是所谓的"文化"。

《乡邦札记》提供给我们的起码是这样一种有意义的思考:人生,需要不断上路,而上路,请多带一份文化和情感的坐标。

我对《乡邦札记》的敬意还来自书中写到的"丁校长"。丁宗皓先生只在很少的篇目中写到了他——父亲(《我自己的黄金时代·爸》《1976》),但是给人的印象之深、感怀之切,不逊于朱自清浓缩出的整个时代的父亲的"背影"。与"背影"不同的是,"丁校长"不代表时代,不是时代的缩影,他恰恰是特立于时代,踽踽独行于俗世目光之外。这是一个浸淫了中国传统儒家文化兼侠义文化的知识分子,既温柔敦厚,又狷介不羁。从这一点来说,他倒是展现出不同于某个特殊时代的"背影"和"另一面"。

所以我说过丁宗皓先生具有小说家的结构天赋。当然这只是他的天赋之一。在《1976》中,机智而不动声色的叙述,佐以独具匠心的结构,使得文中的士兵们熟稔地给观战者演绎了埋伏、照应、穿插和狙击,贡献了完美的战争理念以及结局。这几乎具备了一篇好小说的所有特点,然而谁都不会须臾忘记,它唯一与小说的虚构品质背道而驰的是,这终归是一篇真实的怀人记事散文,也正因如此,"丁校长"的形象在文本之外,格外让人铭刻不忘。

《乡邦札记》中,还有许多篇章诸如《看见了赵大脑袋的老年》《披星者》《爬行法》等,具有一种强烈的隐喻色彩。保罗·利科认为,隐喻不仅提供信息,而且传达真理。在《看见了赵大脑袋的老年》里,我们读出了规则的相悖和撕裂;而在《爬行法》里，我们又读出了方法的互媚和趋同。作者使用了超出以往自我界限的篇幅，在文中浓重渲染和铺排了关于锻炼和健康长寿的方法，但据闻最好的一种，莫过于爬行。这种道理在科学上是说得通的。我记得曾经读过一篇译介文章，文章说人类之所以较其他动物而言增加了不计其数的疾病，其主要原因是地球引力作用，直立行走改变了人类生理、骨骼、血液循环等等方面的惯性和功能，从而导致器质性疾病产生。吊诡和荒唐的是，当"我"回到办公室后，反锁房门，试着趴在地上，抬起头，"突然发现这是一个很奇怪的看办公室的角度"。那么，在所谓"现代文明"和格式化、残酷的人际生存环境中，"爬"无论怎么说，都不失为一种"长寿"的方法了。——作者的机趣和深邃由此可见一斑！

每天读两三篇足矣——因为不忍。《乡邦札记》不是那种让你一气呵成去读完的书。红酒牛饮，是暴殄天物了。

《乡邦札记》的最大文体和语言艺术特点是，以优美写沦落，以自嘲写关爱，以幽默写沧桑，以现代主义写乡村情感，以敦厚蕴藉写人间正道。

傅雷先生"又热烈又恬静、又深刻又朴素、又温柔又高傲、又微妙又率直"的四句话，我觉得可以拿来做《乡邦札记》的全书文化意义写照。

除了真诗人和赤子，很难有人写出《乡邦札记》这样的书。

除了"五花棍"（沙得金）、"牛铃""牛角"，还有"火盆""水豆腐""衬裤""砚台""小米"……种种日常之物或曰意象与篇章，融贯于《乡邦札记》之中。我们知道，"物"是一种客观存在，不属于人体本身，却又被人实际控制和支配；那么，日常之物呢？它们跟任何一个生命个体的心灵和生命发生关系，于是，谁能说心灵和生命不属于人体本身？这似乎是一个哲学层面上的二律背反，然而，无论布勒东、阿拉贡还是罗兰·巴特、本雅明，都认为它代表真实或者等同于真实本身。《乡邦札记》在日常之物的叙写方面，意义在于既给你揭示时间（生命）的"物"化过程和可能，又从"物"化的细节中提纯生命的灵动和感悟，不断寻求破解日常之物隐藏下的生存形式和生命真相，并将琐屑的日常之物变成机警而温情的格言和宣示。

由是之故，阅读《乡邦札记》，就好像我们在现实的迷雾中行走，因为看见了清晰的生活细节和脉络的碎石、枝蔓以及溪流，使得我们的思维被导引得即便想要堕入虚无也成了一件难事。

在时间与生活的泥石流裹挟之下，铸出如影随形却又坚毅无比的自我，让记忆和思想的孤岛来抵抗现代文明的无动于衷，所以《乡邦札记》又是一部悲壮之书。

将最初的意外作为最后的结尾。我初读《乡邦札记》时，竟意外发现作序者是一位叫田松的人。而田松在序言中提到，他和丁宗皓为二十世纪八十年代吉林大学同窗。多年以前负责《中国矿业报》副刊的时候，他曾责编过丁宗皓的散文。而差不多二十年以前，担任《中国矿业报》副刊的田松也曾责编过我的散文，那是一处极有品位的副刊园地。我与田松先生从未谋面，却不料在《乡邦札记》里与他相遇。我将此看成是与《乡邦札记》结下的一点缘分，并真诚向田松先生表示问候和敬意。

选自二〇一三年第六期《满族文学》杂志

木心：不去的文艺老青年

关于木心的《文学回忆录》其实不太好谈，因为它似乎不成体系，显得非常斑斓、纷纭、驳杂。但是恰恰是这种不成体系，反而成为优点，流露出许多有价值的文学信息。这种有价值的文学信息不在于木心讲述古今中外的文学史本身，文学史本身只是代表一个客观传承，木心的讲述正像他的学生陈丹青说的，经常游离和旁逸斜出于照本宣科，加入了木心的情绪和观点，加入了一些题外话，而这恰是有意义的。不过毕竟是四五十万字的著作，我们读下来，即便驳杂，也还是大概会感觉到木心最想要说的是什么、他的文学观是什么、他的人生观价值观是什么，也可以约略地感觉到木心是一个怎样的人。我个人总结，他要说的无非是三个方面的问题：一、什么是好的文学？二、为什么说它们是好的文学？三、怎样才能成就出这些好的文学？同时，木心的高妙之处也在于，这三个问题，他每每通过一件事情、一个现象就统一回答了。

我非常喜欢木心。感觉他携着民国时期和新文化运动之后（当年在刘海粟的上海美专学习油画，之后又从事文学创作）的一个文艺老青年的气息。老，是老到、睿智、厚学、渊博、贵族气；青年，是率真、好玩、浪漫、忧郁。它们又都跟文艺相伴。这个人是一个人本主义者，视生命为最高法则，视文学为陪伴生命开放的花朵，同时具有一定的精神洁癖和精神自信。他创作文学几十年，苦寒而特立独行，有人定义其为"孤岛现象""鲁滨逊创作现象"，除了他的创作旨趣与别人和而不同之外，更多是指他人格精神的独立。他虽然学贯中西，但是低调而行，加之多年往返于国内和美国之间，外界并不熟悉他。尤其是经历了一九五六年入狱、"文革"期间再次入狱，他成了一个不被主流世界所知的人。好在他有坚定的信仰，那就是他认为的"以死殉道易，以不死殉道难"。他活了下来，不仅活下来，他还在监狱里著述，写文章，用钢笔在纸上画出钢琴的黑白键盘，弹奏莫扎特和巴赫的音乐。他是这样一个不寻常的人。

木心的整体文学观念是怎样的呢？将席勒的《审美教育书简》与《文学回忆录》结合来看，正好有一个巧合和共融，那就是，木心和席勒一样，是反对以德育代替美育的，或者说反对以德凌驾于美之上。我记得我小学时做课间操，经常听到广播喇叭里传出毛主席语录："我们的教育方针，应该使受教育者，在德育、智育、体育几方面都得到发展，成为有社会主义觉悟的有文化的劳动者。"这里边没有提到美育。即便是到了二十世纪八十年代，"德、智、体"后面续加了"美、劳"，美育也是排在第四位。其实不论席勒也好、尼采也好、木心也好，他们认为一个健全的社会和人生，应该是将美育放在首位。因为"德"这个事物，有时候是"靠不住"的，其有两个含义：一个是封建社会的"德"，很多都是规约糟粕；另一个是指"德"往往随世事和时事发生变化扭转，成为对公众的考量，与政治符码捆绑在一起，体现不同时代的统治者对"群治"关系的政治和功利诉求乃至要求，于是产生了不确定性和不真实性，并容易产生极端现象。历史上类似的史实不胜枚举，比如纳粹德国、比如当下一部分极端集权统治国家对公民的道德欺骗、约束和引领。所以木心认为"美"是真理，一个人内心有了对"美"的判断，他就懂得什么是爱、什么是善和真，他的心就不至于在任何时代变得虚伪、虚妄、偏颇、极端、暴戾，更不会随时事摇摆。

我早年读尼采时，他的一句话——"艺术价值大于真理"，让我感到醍醐灌顶，胜读十年书。一切道德、习俗、标准、律令、规约往往都代表着一定的真理，或者是成为真理的一种化身，我们说披着真理的外衣也不为过。这些事物都是随着人性的发展、变化、突破而做出不断的调整、修正和完善的，反观历史，我们的文明和文化就是这样不断走到了今天。因为艺术就是人性最前沿、最真实和最敏感的表达和流露，是突围的号角，是风向标和晴雨表。大家都知道，欧洲的文艺复兴直接影响和推动了后来的工业革命，它的方法谱系就是通过文学，包括雕塑、戏剧、美术以及连带的思想启蒙，打破神权—提倡人性自由，人人平等—封建统治关系松动与瓦解—促成法治在各个领域和层面的完善，尤其是专利法颁布—以瓦特、爱迪生为代表的知识分子与科学家的创造性和积极性得到张扬和保护，各种发明层出不穷—

工业革命——影响欧洲人的整体生活。它们的前提都离不开思想解放。我一直想过，也许是可笑地想过吧，遗憾中国一直没有真正的文艺复兴。如果我没记错，腼腆而又自负的木心曾经说过，不用多，如果中国有那么五六十位他这样的人，大概中国的文艺复兴就可能产生了吧。我们有太多的地方领导者，不懂得艺术价值大于真理、思想解放是真正的生产力这个道理，所以只一味抓经济、抓文件、抓会议，那充其量是头痛医头，并且还没有医好，因为抓出来的也是泡沫经济。

有评论者认为木心的文言功力极深，经由新文化运动的洗礼产生的文白结合语体，行文继承和体现了汉语言自由而独特的精髓，而这种文风和神韵在大陆几成明日黄花，日渐寥落。木心在《文学回忆录》谈过，古代的历史学家、哲学家甚至包括政治家，几乎都是文学上的通人，四位一体，杰出者比如司马迁、孔子、墨子、诸葛亮等无数俊杰鸿儒。古人深明文学与文采的重要，认为是传达学术、历史与思想的优秀载体，所以孔子甚至断言"不学诗，无以言"，不好好学习《诗经》里面的文采简直就无法对外交流。这也就导致为什么《古文观止》最早选本收录的优秀文章，多是出自历史著作《左传》《国语》《战国策》。我想，反观今天，我们现代和当代的历史书写，从什么时候开始中断了这种文化传承和春秋笔法了呢？从文采方面来说，简直不堪卒读；从方法论来说，只见事件、场面和年份，不见人物和性格；如果有人物的话，也是为宏大场面和革命理论服务的一个僵化的符号而已。我不知道这种历史书写，起码在文笔和文采方面，如何流传得下去。

我感觉到，木心的精神导师有那么几位，比如托尔斯泰、陀思妥耶夫斯基、纪德、福楼拜、尼采，而这些人都是典型的人文主义者和人本主义者。尤其受尼采影响最大。木心的文学修养和文学教养，包括他的诗歌创作理念，都践行着尼采的"酒神精神"，推崇生命的原创力，重视个人生活及其体现出的要义。虽然木心本人的生活也许具有世俗意义上的不幸，比如他没有官位，没有金钱，没有婚姻，没有子女，一生漂泊——他的婚姻状况用他的话讲是"柳暗花明无一村"，但这丝毫不影响他的个人信仰，即个人生活才是真正有价值和意义的生活，一切从人出发。尤其从生命感受来讲，他的艺术理念是人的欲望、人的身体的感官快乐不容忽视和抹杀。木心曾经在他的著作里面，对听课的陈丹青等一大批留美艺术家说过，上帝派人类存在于这个世界上，其实有一个很简单和朴实的道理，人活着，就是要爱我们所爱的，听我们所爱听的，吃我们所爱吃的。这是生命最本真的价值。只不过这么一个简单的道理，许多人出于各样冠冕的、道学的理由不愿承认或自认罢了。中国几百年文坛口号盛行，主义流变，但是一种伪的卫道士所捍卫的行为准则几乎没变，这也恰是张爱玲、沈从文、钱锺书等人长期被遮蔽的原因之一。食色生香和个体情调是不可以入文的，入了也只是三流文学。劳伦斯写的作品是不健康的，因为他写了人的真实的欲望、感受、快乐，包括身体甚至性爱的欢乐。但是须知，这种快乐首先不是来源于别的，而是来源于身体本身的感官。所以，同样的文学或人生理论命题，不同的说法，结果也大不相同，热爱生命没问题，形而上；热爱身体广受诟病，形而下。但是没有身体，哪来生命？身体知冷暖、知疼，见到喜欢的人知道战栗，被所爱的人碰触知道舒服。这首先是生命的物理原则。所以木心认为一切爱情心理活动，包括相思、理想、信念、乌托邦，都来源于性爱。当然如果能基于爱情上的性是最好的了，反之，不要讲什么可以有爱无性，那只不过是没有得到、兀自安慰而已。一对相思男女，盈盈一水间，相聚而不得，时间越久，越可以幻化出许多柏拉图式的爱情心理，但是问题是，一旦两人相见，产生肌肤之亲或是性爱，就会消解往日漫长的相思之苦，这是毋庸讳言的，有没有人想想这是为什么？木心并不是形而下者，他对爱情对艺术的形而上信仰近乎痴迷。说这个不是贬低爱情，也不是贬低性爱，只是想说明，爱情的情绪和心理是跟身体和生理感官紧密相联的，而且后者更为基础。所以木心的许多诗歌表现爱情、冲动、力量、快乐、欲望、畅想、失落或忧伤，张力非常之大。

木心的艺术观和爱情观几乎是一样的。他曾经举例说明他认为的最高级别的爱情观和艺术观。耶稣看见野地里的百合花，突然由此想到人类的枉自劳苦。这个比喻既悲观又充满雄辩，让人听了，有所感触，但事后又很茫然。木心认为，当初心动，事后茫然，这就是诗，就是艺术，就是爱情。

"一切历史都是当代史。"此语出自西方历史学家克罗齐。木心同时欣赏克罗齐的另一个观点是：历史并不在于理解它的客体（对象），而仅止于凝想那个客体。这种凝想、凝视、凝思，正是艺术家命定要来从事的活动。《文学回忆录》已经体现了这种特点，木心的文学思想也体现了这种特点，同时他还说，逊于凯撒而强于乞丐的人，这世上多的是。他们多多少少是生活在一种"琐屑的如意"里边。而木心，希望把快乐集中起来，既蕴藉长久，又充满变化，这就是艺术活动，这使我感到幸福。木心的爱情观也体现了这种特点，他应该有许多爱情经历和故事，所以他说："不要放弃真实，这点仅有的真实再放弃，就什么也没有了。人生如梦。但人生比梦真实一些，所以还值得活下去。梦中情人还是不如真的情人，我要见真的情人。"但是这与他说过的另一句话并行不悖："我已经算是不期然自拔于恩怨之上了，明白在情爱的范畴中是绝无韬略可施的，为王，为奴，都是虚空，都是捕风。明谋暗算来的幸福，都是污泥浊水，不入杯盏。日光之下皆覆辙，月光之下皆旧梦。"

木心是一个文化和艺术上的贵族。懂得付出的才是真贵族，而木心为艺术付出了一生。他可言说的东西太多了。遗憾的是，我们知道他太迟了，他已经去了；安慰的是，我们离他最近，因为他毕竟同我们一起曾经活在这个时代里。

> 选自二〇一四年第一期《新世纪剧坛》杂志，有删节

关于与《关系》有关无关的可能关系

由曹禺的女儿万方编剧、任鸣执导的北京人艺小剧场话剧《关系》,自公演以来引起了不少观众的热议和感慨。一出情感戏,通过男主人公与三个不同年龄的女人的交往,不仅折射出当下的某些社会关系,也反映出人与人之间的情感伦理关系,更昭示着男主人公自己与自己内心的紧张灵肉关系,它们织成了一张世相的蛛网,既呈现透明,又指向迷渡。

《关系》设置的剧情似乎并不复杂:男主人公沙辰星(丁志诚饰)作为一家报社的社长,人到中年,事业有成,他多年来周旋于三个女人之间,五十岁的妻子吴晓华(梁丹妮饰)、三十七岁的情人叶航(徐菁遥饰)、二十岁出头的情人杜度(徐岑子饰)。看似稳定的关系下,一旦因为叶航率先破坏了"游戏规则"——她需要取得真正的爱情名分,于是她找到了沙辰星的妻子,并披露了自己和杜度与沙辰星的关系,以为这会有利于事情的进展——一切都变得不可收拾了。

这是一个三国征战。魏蜀吴争夺的是大一统和皇权,三个女人争夺的是被大一统的沙辰星和爱情。这也符合了爱情是女人的政治这一说法。于是三个女人之间有哭闹,有争吵,有妥协,有连横合纵,有密谋合约,有赤膊相见。当然,最苦的还属沙辰星,生命个体与个体的赴约,关系还算单纯,可是个体与群体亮相,内心就不再是一个圆,而是被外力挤压得变形的任意几何体,人何以堪?

我一直对情人现象不持挞伐态度。其原因一个是来自是态论与现象论,一个是来自制度论,一个是来自人性论。所谓是态论的"是",实际上追问的是"是"本身,追问的是这一"是"是如何"是起来"的。在根源的意义上,是态论部分地等同于存在论,它实际上先行地将一切具体存在物以及所指"悬置"起来,而先追问形成实体间关联的判断,即"是"本身是如何可能的?追问显然又是基于一个实有的"是"而不是否定这一"是"的存在性。也就是说,"是"本身无疑乃"世界"的基本事实,而道理的起点恰恰就在于惊异于这一基本事实从而必须给这一事实确立一个自立自洽的法度,于是对"是"的追问便自然指向于对"是"的范畴性的确证与规定。这样一来,"是"也就获得了一种共相性并且自身就成为共相。古往今来,我相信自婚姻命题产生起,情人现象就一直伴生,这就仿佛太阳不仅照耀人,也照耀出人的影子,婚姻现象与情人现象就是这么简单地扭结在一起。没有影子要么是因为世界黑暗下来,要么是因为人化为轻烟。现象即是存在,存在即是合理。粗暴和一厢情愿地否认甚至否定那些一切拥有了婚姻和家庭爱情之外的爱情都不是真正的爱情,就等于否认我们人世间还存在悲欢离合和灵魂挣扎、否认地球上除了氧气可以燃烧而氯气不可以燃烧一样。另外,婚姻制度之所以在人类社会发展链条中产生于私有制阶段,自有它与生俱来的自私和"物"的属性,即,将对方视为一种财产和"物",为我所占,别人不能染指。这是婚姻制度不容洗脱的最大原罪。当然文明进步到今天,婚姻是合法的,然而合法的都是合理的吗?这是文明无法明文做出规定和解答的。最后,从人性论角度来说,生命的意义就在于流动(运动),不仅形体,也包括血液和心灵。被禁锢在某一法则和符号下的生命,违背生命本身的法则,而生命法则,我们知道是目前一切文明社会的最大法则。让生命停止流动,让心灵从一而终,会是群体眼中的榜样,会是标本,同样也会是干尸。

我之所以对情人现象不持挞伐态度,说了这么多,其实还有一个前提,即,情人关系如果把它类比为一部艺术作品,那么它一定要在同类题材中具有生命主题和精神层面上独特的阐释和开掘。也就是说,现实社会当中,"情人"关系中的两个人如果没有深刻的精神构成理由和超越现实的要素,没有灵魂的痛彻舞蹈和心灵的神秘定格,那只不过就是一场低俗和平庸的肉体纠缠而已,是同类题材中文学玩票者相互模仿和下三滥的习作,还有什么亮相和发布的理由?

所以,《关系》启幕时一开始出现了"床"的道具和隐喻,出现了沙发和对谈的典型环境,出现了已婚男主人公沙辰星和情人叶航,我是不吃惊的。但是,随着剧情的发展,叶航让我们知道了沙辰星还有一个更年轻的二十多岁的情人杜度时,我不能不承认自己的理解力有限和思维的落伍了。如果说，人到中年、事业有成的沙辰星无论从生理角度还是心理角度，对天长日久、熟悉已极、婆婆妈妈、疏于交流的妻子吴晓华感到麻木和疏离，从而出现了一个情人叶航还可以理解的话——甚至，我们还可以假设，沙辰星当初也可能迫于某种现实和无奈，与妻子吴晓华是无爱而结合——我们可以理解或默许他与情人叶航的行为，起码不是激烈批判；我们也可以继续假设，如果叶航是出于某种原因，与沙辰星的关系已然终止，那么沙辰星另寻杜度，这也是在我们忍受的底线之内的，问题是，沙辰星在与叶航交往的同时，竟然还有染于杜度，这就不能不让人鄙视了。沙辰星你想干什么？扯男人的脸安到动物颈上如此之极吗？须知，如果我们认同我在前边文字表达过的观点的话，那么，不可否认，情人关系也是一种道德关系和美好关系，可事到如今，沙辰星就是一个登徒子。

这样的剧情设计，是叙述结构或文本技术上存在了重复的故障，还是万方女士有意损男人于不齿之境地？细细一想，恐怕不是这么简单。究其实，这里面还有一个关键词存在，那就是从哲学和生命意识角度来说，男人对生命的本体感受或者叫对生命的"源"的渴望。

妻子吴晓华代表家庭，沙辰星离不开，或者说想离也离不了。叶航代表爱情，沙辰星对她情有所钟。杜度代表激情，因为她更年轻。家庭、爱情、激情，这三方面就是这样编织了一个中年男人的某段生命历程。

所以，在剧情上，二十多岁的杜度的出现不是人物情感设计上的重复，她不是叶航的复制品，他给了沙辰星作为男人的哲学上的力比多的一个抓手和注脚。沙辰星对叶航固然是有性也有爱，然而，叶航对合法的婚姻符号的固执追求，让沙辰星疲惫不堪，沙辰星的大段独白："你还有完没完了？女人可以动不动就不高兴，就嫉妒，莫名其妙地生出种种不祥之兆，悲悲切切，闹死闹活，你知道这叫什么吗？这叫奢侈！让男人可以这么奢侈吗？等着谁来哄我们，给我们擦眼泪，太可笑了吧？"还有"女人和世界不是一回事，地球有多重你知道吗？你不会知道的。地球的重量，是放在我们男人身上的。这就像两个人，两个拉着车的人准备出发，你的车是空的，只放一两样东西，而我的车堆满了货物，你要求我和你跑得一样快，和你同步行不行，行，在一段距离里我可以做到，可让我这么一直跑下去，我非得累死不可。"这段话部分地道出了男人的辛酸和无奈。所以，一旦有一个不计结局、不求身份、只求当下轻松快乐好玩的90后女孩杜度来到沙辰星身边时，沙辰星本能地与她嬉戏相拥在一起，就不是什么难以理解的事了。更何况，从生命意识本体来说，男人越是到中年及至老年，生命的末途意识越发猛烈，就越是耽于和关注于年轻的异性，这种现象不惟生活的凡夫俗子中比比可见，就是在文学和心灵大师歌德、纳博科夫和川端康成等人的经历乃至笔下，也屡有提炼和铭刻。这是生命的无由密码。

　　女权主义者不会喜欢这出话剧。她们认为剧中的女人全都丧失自我。不过事情也许相反，她们会喜欢这出话剧，因为它昭示了男人的虚伪和自私，可用以警诫世人。但是女性主义者（注意，这里的女性主义不等同于女权主义，我认为它们是两个不同概念）和相当一部分男人，会喜欢这出话剧，大量剧场内的观众云集和剧场外的争辩议论证明了这出话剧在生活中有它存在的背景和理由，以及有待生发的现实可能。人们愿意看一出话剧，我相信不是为着批判而来，而是为着欣赏，或者取中间道路来说，是为着启发思考。

这样的思考比如，剧终时暗淡的光影下隐藏了沙辰星的身影，一束光打亮他疲惫沧桑的脸，他在想什么？叶航找了另一个男人待嫁，杜度潇洒转身而去，家沦落回以前，他与妻子吴晓华的感情不至于瓦碎缸裂，但也绝不会由此升华，不论现实剧情还是舞台剧情都已结束了，然而，所有的人物与人物之间、所有的人物与自身心灵的关系都已经结束了吗？其他的可能性呢？罗素认为，女人对爱情往往混杂着博爱、母爱和性爱，前两者可以由己及人，广为施发，而唯独性爱，一旦两人身体融在一起，便与前两者势不两立，寻求独占，产生自私之心。那么，口口声声宣扬和教导沙辰星在对待男女关系上，应该多在乎感情、不要多在乎性爱的叶航，她做到了吗？她有没有想过，她要求独占沙辰星并取得所谓合法资格的背后，按罗素的剖析，正是源于性爱才产生了自私自利之心，她有没有想过，这也反证出她也是喜欢性爱的呢？也就是说，她也是自私的呢？还有，假如叶航和另一个男人结婚，她会不会学会多维思考呢？或者说，不要奢谈多维思考，就是简单的换位思考，我相信它在女权主义者那里也会过关，即，别总是将自己矮化成（如果存在矮化现象）沙辰星的情人，何不反过来将沙辰星视作自己的情人呢？最后，二十多岁的杜度也自有她的心理关系和可能，她在剧中自由随便，无所欲求，只耽于与沙辰星在一起哪怕是短暂的欢乐时光，但谁敢说她不是恰恰深谙了维持长久关系的爱情密码呢？她也许明白，爱情关系一旦固定便走向坦途亦即末路，那何不欲擒故纵呢？

剧中人物为一男三女，剧名为《关系》。我暗自揣度，万方女士没有将剧名写成《男女关系》，是她深知所谓"男女关系"这句话，在中国近百年人性和文化发展史上，一直代表着不伦和不德的习惯性标签吧？而今定名为"关系"，道出了芸芸男女的无奈，道出了可能，道出了疼，道出了挣扎，道出了人心世相，也道出了"病"是另一种真理。

这一切，入戏的人应该自知，观戏的人，可能自知。

选自二〇一三年第一期《艺品》杂志

致：逝去的青春与重回的感动

一场《致我们终将逝去的青春》，没想到竟让我先后流下了四次泪水。

我一直抱着预先的警惕和事后的反思，影片是否在故意煽情？没有，尽管我本能地考虑到其中原因之一，是不是不愿意承认自己智商有问题。老实说，我没有发觉它人为煽情的痕迹。

影片一开始，似乎是二十一世纪之初的现实背景，然后跳到了现在。于是可以称之：致我们终将逝去的青春。其实也就是十年。

而我第一次被感动的情景是，电影叙述之初，陈孝正的几次出场和行为风格。他不打牌，不喝酒，不抽烟，不懂得追逐女人，家境贫寒，认真读书，心无旁骛，有理想，有追求，举止行为沉稳内敛甚至木讷寡言，连走路都一板一眼的。让我想到，这个人就是当下时代的一个不合时宜者，一个仿佛二十世纪八十年代身份印记的人，一个与时代相差了十年的人，携着固我的遗风,像一头憨牛闯入了精明伶俐的宠物馆一样的当下生活语境之中。这种生命的尴尬打动了我。经过影片一系列情节和细节的连续铺排,一直到他的午餐被戏弄抢夺,他终于承受不了郑微的无理取闹而略微低下头颅向她说"我向你道歉"的时候,我的泪水掉了下来。这不是一个人向另一个人的低头,而是正直向错乱、质朴向伪饰、高贵向贱气的低头,更仿佛是一个时代向另一个时代的低头,是二十世纪八十年代人文理想主义向二十一世纪初的物质主义低头。一个时代的安居者,被世俗强迁而心灵还乡无门。虽然,我所谓的八十年代气息只是指陈孝正的气质行为而不是指实际年代。

我的第二次流泪的场景是,郑微的准男友许开阳发现郑微爱上陈孝正,出于嫉妒大骂陈孝正:"他就是一二逼!"(影片台词)而郑微毫不犹豫大声回击:"二逼也比你强!"的时候。粗俗吗,粗俗,但是更高贵。我理解的高贵,在社会史意义上不一定统统以文明的方式体现,完全文明的高贵形式只适合与高贵本身相逢,在某一历史和人性乖戾的节点上,文明会成为一种病象和心虚,会成为纵容和唆使执谬者得寸进尺的口实。而郑微的直接回击,从精神上代表了对捍卫爱情的无遮无拦和毫不伪饰。

第三次流泪是在郑微饱受陈孝正拒绝爱情、从而大声宣示"本姑娘不和你玩了"之后,终于勇敢登台,戏弄和抢夺了情敌曾毓之父(大学副校长)的话筒,无所顾忌而自由潇洒地高歌一曲《红日》的时候。"命运就算颠沛流离,命运就算曲折离奇,命运就算恐吓着你做人没趣味,别流泪心酸,更不应舍弃"。牛啊!真牛。学生的欢腾和鼓掌、郑微的爱谁谁,不仅是情感失意的宣泄，更是暗映着一次独立人格向禁锢、自由向权力、民间向道统的颠覆。尤其是当我们看到后面的剧情——体制内的公派留学原来被少数权力拥有者分割贪占之时。

第四次流泪，接近剧终。"你跟那个驯兽师究竟说了什么，他让我摸海豚？"说了什么？其实我早就随郑微在好奇猜想，不过我承认，即便作为一个写小说的，我也没想到陈孝正是说了那么一段话。流泪吧，否则你还剩下什么？

我喜欢这部电影的人性和性格的张力大于剧情，喜欢内心现实大于外在现实。剧情永远是第二位的。重要的永远是你是否袒露真实和人性。

爱情故事的飞行器，在大地之上超过现代主义高楼建筑的距离，也超过任何盛典礼炮发射的距离，在我们肉眼看得见的天空那里，划出了优美的曲线。我们曾一度担心它会坠落，然而那不过是它的一次滑翔和俯冲，然后它又奋力折向相反的方向。心灵的走向，是最让人把握不到的轨迹。但是它合理。

哦，陈孝正不是来自二十世纪八十年代的青年，他有内心的判断，他不是落伍，他是太了解当下这个时代了。他有理由选择出国，选择物质利益和前途。然而，别忘了，他在郑微眼里的第一次流泪，是因为他不想让自己所爱的人像他一样贫贱吃苦。何况还有导演和编剧利用"海豚故事"帮他挽救。我相信他的爱情。郑微也相信。但是相信未必代表皈依。郑微在青春逝后，不会与他重逢。

爱一个人，就像爱祖国、爱山川、爱河流。天地山川该你屁事，你爱它它也屹立不动，但是这是我的事，我爱了，我充实,我经历,我感受,我青春。

　　青春是一个悖论。青春跟年龄无关。为什么要致我们终将逝去的青春?青春是一场风云喧哗,珠玉盈盘,自在花开,你哪怕只有十八岁,但你附庸和服从于世俗和物欲,你违背自己的灵魂,就从不曾有过青春,你的青春就不过是布景而不是真的流畅风云。青春仿佛是一捧鲜花,赠人悦彼却又附上发票价格,那你就辜负青春。反过来,哪怕耄耋老矣,你仍有爱的暗号和舞姿,也会有多少人,唯独"爱你那朝圣者的心,爱你日渐苍老的容颜"。你的青春就从不曾逝去。

　　有不少论者指责该剧对话和细节展示包括部分情态有粗俗之失。比如堂而皇之骂出"二逼"(影片台词),比如郑微问陈孝正"我的是不是有点小啊?"(指乳房),以及其他情景。我不这么认为。从单纯的影片技术上来讲,它需要与现实语境产生一个极端契合,以利受众和接受美学以及工业市场的最大化,这本身无可非议,现代化生存语境造就流行元素,它是时代特征的一部分。更重要的,从文化和文本意蕴来说,又高贵又笨拙,又微妙又率直,又阳春白雪又下里巴人,又真诚又嬉皮,这不仅是人性的理想的时代的重要特征,更首先是好的艺术作品的重要特征。

　　质言之,它不装。

　　　　　　　　　　　　　选自二〇一三年第四期《新世纪剧坛》杂志

内敛的镶嵌并绽放
——王雪茜读书随笔论

在《每棵树都是自己声音的囚徒》一文中,王雪茜引述特朗斯特罗姆的诗句写道:"六月的一个早晨,醒来太早 / 但返回梦中已为时太晚 / 我必须出去,进入坐满记忆的绿茵,记忆用目光跟随我 / 它们是无形的,它们和背景融为一体……"我觉得,在评析王雪茜系列读书随笔之前,这段诗句为我提供了一个精当的楔子和一幅高亮的图谱。

现时代,摆在我们面前一个显而易见的问题是:当一切文字艺术的文本或体裁,不论小说、散文、诗歌还是其他——都因在传统与现实空间的无比强大的挤压之下而努力凸显作为艺术属性的自身从而自成一个封闭格局或体系的时候(从某种意义上来说,界定清晰的某种艺术不论在内容还是形式上,越完熟,越封闭),我们如何来思考或策应无数哲人们所提出的问题——艺术、阅读、生活这三者之间的关系?

多年以前，在一篇文章里，我曾经写下过一句话用来自况："读书大于写作。"我的意思是，在这个时代，所有行业中，我只倾心做一个写作者，但不论我写得多么多，或者写得多么好（也许还写得又少又不好），比写作更让我快乐的是读书，读书的意义将大于我的写作。——是的，我的态度也仅止于此。但是今天，王雪茜似乎完成了我所悬置的另一半答案：读书的意义固然大于写作，但快乐读书，从容思考，然后将读书所得自由表达，岂不更好。

她以前写作和发表了许多诗歌。但是仅仅是近一年来，突然发力转向读书随笔或曰文化散文的写作，我感觉其中的原因不仅是她多年以来人文与阅读积累导致喷薄而出，也是对上述的艺术、阅读、生活这三者关系进行了重新定位与思考，并努力地做出了个体化表达。她在进行这种读书随笔写作的时候，正是我接手和着力改版《鸭绿江》文学杂志之初，她的写作让我眼前一亮，并直接启发和支持了我在刊物设置"读·闻·观"栏目的想法。她的写作在栏目外已经取得了良好的反响，并且这种文章几乎无有短制，字数动辄过万，短短一年，便在许多刊物上发表了近二十万字，我以为，这个成绩与数量是非常可观了。

考察与梳理王雪茜读书随笔的艺术和美学特征，我认为有如下几个方面值得注意和肯定：

1. 坚持向国外名著致敬

国外文学名著，因为文学历史源流的关系，以及以宽容的人道主义与迫近的人性法则为旨归，以相对发散而不是固定的哲学思想和自由表达为境界，加之历经时间和阅读受众检验，基本成为经典，所以作为一个时间与空间上的"隔离缓冲"或阅读上的"阻尼作用"者，将目光和思考集中在"文学与历史久远处"，从而有意地部分地"忽略"国内现时代许多伪文学、喧嚣文学、泡沫文学，甚至可能更多是速朽文学，我以为是大抵不谬的——起码也是接近于靠谱的。王雪茜的读书随笔，几乎无一例外地专一地向那些文学大师们致敬。

2. 学以致用，格物致知，浑圆发散

做学问，综前籍，写读书随笔，容易将文字做僵，自说自话，或者只顾按图索骥，复述作者与作品原意，要么是大掉书袋，要么是离题万里。王雪茜的读书随笔，无论是写菲茨杰拉德《了不起的盖茨比》的《谁人不迷惘》，还是写蕾秋·乔伊斯《一个人的朝圣》的《寻找朝圣的方向》，还是写特朗斯特罗姆的《每棵树都是自己声音的囚徒》，还是写克莱尔·吉根小说的《花园尽处的风光》，等等，均是信手拈来，将域外雪花，拼成辖内孔雀。以他人酒杯，浇自家块垒。在西方经典批评领域内，有"原型批评"之说，是说一切单个的文学作品都有它固定的起源和神话根本，这是没错的。但是对艺术作品的阐述如果仅止于此的话也会令人感觉凉薄无限，哀从中来。在王雪茜的读书随笔中，她的思维是自由和发散的，如同沾了雨水的快速旋转的风轮，既能使引申的"原型批评"之于原著从哲学、艺术和主题阐释这一角度不相剥离，又弥漫着介入到我们当下生活的从善如流般的思考，纵横捭阖，结构匀称，信息密集同时又收放自如，拿捏准确，切中肯綮。加拿大文学思想与批评家诺思洛普·弗莱说过："在每一个时代，对于作为沉思者的诗人来说，他们深切关注人类从何而来、命运如何、最终愿望是什么和去到哪里,深切关注属于文学能够表达出来的任何其他更大的主题。"我决定将弗莱的话引述到这里结束,因为我觉得他的这些话正是我如今借王雪茜的读书随笔所要表达的,同时也是她要打破作为引申意义的"原型批评"和努力去做到的。她要表现的是如何有效地活在当下的事物和理念中。

3. 深入细致的文本分析

我们习见的一些对国外优秀作品的研读文章,时常以思想与主题阐释为宏旨,难免会让人感觉观摩到的是凌空蹈虚,屠龙之技,不得指导。王雪茜的读书随笔,很多是除我前述两点之外,深入到了作品的技术与文本分析。比如她在《花园尽处的风光》里面,独特而新颖地发现和鉴别克莱尔·吉根小说的国内流行推荐语与她小说实际的语言和故事结构的大相径庭甚至是风马牛不相及。"国内流行推荐语"是她笔下写文章的一个小得不能再小的切入点了,她故意选取了这个角度,表达了对国内时下流行跟风与简读、速读、误读的不屑,以探赜索隐、揭箧取囊的理性色彩,详细分析了克莱尔·吉根小说的结构、故事、想象、结尾等美学命题,同时又不乏深入浅出的艺术趣味。又比如,她在《灰烬里的光亮灼伤野蛮的焰火》里,理丝入机和饶有兴味地分析了克莱尔·吉根小说的语言特色和魅力,在《鸟儿们冲出笼子的 N 种飞翔轨迹》里,娓娓地引领读者看到了克莱尔·吉根小说里的人物生命轨迹和审美特征之于蒲宁小说的共振与区别。我觉得在当下的读书随笔中,这样高蹈着思想的乐趣同时又深入文本细部考察的写作风格是比较少有的了。

4. 这些都是她的散文和艺术作品,而不是文学评论

要厘清这一点非常重要。王雪茜的诸多读书随笔,语言内敛而自由,充满着诗意的张力和节奏,思维跳荡而新鲜,直指人的现实与未来,是不落窠臼和无缘于陈词的,更重要的,她只是借观国外名著之岩壁,如影随形于现代人机杼,表达的是极其个体性、原创性、艺术性的创造,所以有心的读者们都会知道,她创造的是独属于自己的一方美文天地、艺术天地、人生天地,她有理由把道路走得更宽更好。

尼采说过这样的人群或艺术家:"他很容易感到快乐,没有任何特别的昂贵的爱好;他的工作是不累的,而且似乎是宜人的;他的白天和黑夜没有蒙上良心谴责的阴影;他以一种与他的精神相适应的方式活动、吃、喝和睡觉,使他的心灵变得越来越宁静,越来越强壮和越来越辉煌;他的身体使他感到快乐,他从来没有想到过要恐惧它;他不需要同伴,有时他与人们在一起,只是为了随后更好地欣赏他的孤独。"王雪茜徜徉在国外名著其间——以及产生这些名著的作者们也是她心灵上的朋友们中间,"作为一种补偿和代替",她等于镶嵌和存在于最好的人中间并自我绽放。

选自二〇一八年第一期《东京文学·大观》杂志

有意味的悖论形式
——读朱辉小说

朱辉先生的许多短篇小说具有主题与叙述之间形成的悖论和整体的异质特点，弥漫着一种智性写作的魅力。他像是一个躲在夜晚的角落里掷出烟花的孩子，在无形的和看似不经意的叙述抛物线中，让人们看到姿态迥异的人性现实，并提供给在场者个体化的认知现实和处理隐秘心理的不同经验——而在他的题材各异、风格多样的短篇小说中，我似乎尤其愿意看到作家把我们带入现实与文学交界的情感边缘地带的小说。也许，我固执地认为，表现人类心理的深度与不可知处、人性在特定环境中的真实景况究竟展现的是理性的几何图谱还是感性的摇曳麦田，抑或是兼而有之，互为冲撞与因果，以非异性间的情感或情欲的表达莫属。

在短篇小说《要你好看》里，我看到的是这样一个"故事"：一对邂逅不久的已婚男女，总共相会也不过三四次，当然，他们也上过床。在彼此还不十分了解对方的情况下,男人似乎对女人产生了情感上的依赖,乃至结婚的欲望。他们相约在一家陌生的茶馆里喝茶,由着男人进行着语言上的试探,以及彼此心理上的角逐。故事的结尾是,男人求婚未果,但女人依旧跟他上床,只不过这最后一次上床,女人付出了小小的代价。

如果单讲故事,我只能呈现出这个样子,并且,我也不认为我复述故事的能力有多么蹩脚——虽然可能。但不论我复述得多么精彩,其实,无论是就小说而言,还是就现实而言,这个故事都或许略显老旧,乏善可陈。

但是且慢,谁说写小说就是写故事呢?就像对大多数人来讲,一个人活了一辈子,支撑和充填他一生能够活下去并感到饶有趣味的,不是遭遇几件多么重要的事件——一个普通人的一生能遭遇几件大事呢,而是被包围了无数有意义的场景和有情味的细节。即便一个人耄耋之年将至,仅仅是回忆一生中的几桩事件未免太过乏味了,促使他经常回忆和沉浸的,一定是无数细碎的、模糊的、温暖的或失落的、指向不明的生命片段与感受。还有,假设,我们读完某个短篇小说,想要给未读的身边人复述,突然发现竟无法复述,可是在他阅读的过程与况味中,在生命的感受里,它就是一篇好小说——如此,好的短篇小说大多都是长这个样子。

更何况,哪怕就是讲故事,对于情智商兼具的读者来说,你越努力讲故事,人家其实越对故事的形式与终点不感兴趣。这就像一个未成年的孩子,在童年或少年,翻小人书,往往想快速翻到结尾、看到结尾的情节了事。因为,孩子从你的文字呈现的动机里面，会清晰地意识到，你要给人传达的，不过就是讲一段故事罢了。今天，对大多数读者、对成年人来说，许多作家旧习依然，覆蹈如此。而短篇小说的高手，越是不经意讲故事，甚至似乎有意怠慢故事，反而会引起聪明读者的警觉和注意，你讲的可能是一个大的事体。

这就是作家的叙述能力。

在《要你好看》里，既然两个饮食男女相约在一起喝茶，那么谈什么呢？只能谈家常，谈琐事，有一搭没一搭，再有就是卖呆，看邻近桌前的茶客们的举止神态，听他们谈家常，谈琐事，甚至谈空气。在这里，博尔赫斯式的"镜像走廊"论、略萨式的"镶嵌"原则、希腊神话中纳西瑟斯的"倒影毁灭"甚至传统审美观照下叙述语言的"互文"效果，跟作品里人物的现实处境，达到了巧妙的融合。朱辉先生对这篇小说的叙述节奏的把握、人物心理的指东打西和闪转腾挪，了然于胸。

男女之间的情感就是个谜。谜也照应小说的本质。谜不是路径，不是故事，它是一团雾，是能指和所指的明暗纠缠。是了，这篇小说，无论在读的过程中还是读完的遐思中，我甚至弄不清作品里的男人究竟爱不爱女人，女人究竟爱不爱男人；男人爱女人多一点，还是女人爱男人多一点；在感情上，谁更油滑一些，或者说，谁更执着一些。

但是最终，他们离开茶馆，女人给他"爱"，和他上床。这说明什么呢？也许，这就是一个顽皮和不可捉摸的女人，她所做的，仅仅是耽美。现代生理学和脑科学认为，男女大脑的神经纤维束的数量和构造不同，使得男女对待感情的方式不同。女人专注于"当下"感受,而男人则具有"历史"感,以及对所有事物的串联感。这似乎也就认证了小说中的男人,为什么一直对跟这个女人的交往念念不忘,乃至想执着拥有。

由此,悖论出现了。女人能够给男人自己的身体,说到底还是因为爱这个男人,哪怕她不胜酒力,做爱后感到疲惫,想睡一觉的时候,当着男人的面,仍不忘"定好手机闹钟",说明她对待"当下"的感情与未来的事物,多么一是一,二是二。而男人,在之前,他们离开茶馆时,遇见旁边一只巨大造型的船锚。"这周遭唯一真实的东西就是那只巨大的锚,它稳重而诚实""走过锚的身边,他忍不住摸了一下",说明他内心多么渴望真实而诚实的事物。但是,临要独自先行离开房间,他取走了代替房卡插电的身份证,"虽然这身份证绝对无所谓,他还是抽走了"。朱辉先生此句的玄机无疑在暗示,这个男人的身份是假的。

婚姻制度,在人类漫长的社会形态中,产生于私有制社会。而爱情远远早于婚姻制度的产生时间。如果爱情是一条河流,那么,产生于私有制之时的婚姻制度就是一座堤坝,从哲学的自洽法则来说,堤坝在客观上只能为河流产生一切哲学和人性的悖论、矛盾和景观,以及动能和力量。其实一切事物莫不如此。

男人临走前,偷偷取走了熟睡中的女人身上的某种物品。在我看来,这又是连接到题目和主题的一个"双关"。小说题目为《要你好看》,既可以理解为作为对女人的报复,"给你点厉害瞧瞧",也可以理解为无比的深爱,"我要留住你的好看"。岂不知,这里又潜藏着另一个悖论,正如佛家有言,无量生生世,美人亦皮囊。人间一切,看似烟火有致,其实不过是红尘滚滚。

对于《要你好看》的情节和故事，我不做过多复述，否则，我就重蹈了本文开头我所反对的那种观点。我所愿意强调的是，朱辉先生以叙述语言的机智和对悖论的营造与冲撞，仿佛是发动机借由变速箱形成的扭矩，展示出不折不扣、精妙、顽强、符合人性的力量。就像朱辉先生写过的很多小说一样，《要你好看》写的不仅仅是一个爱情故事、一段情感经历，他写的是深刻的哲学和寓言。

选自二〇二〇年第八期《四川文学》杂志

生活的无力与突围
——读宋长江小说

我很高兴地看到近年来风头强劲的小说家宋长江写了这么一篇风格特异的短篇新作。与他以往绝大多数小说——以强大的现实逻辑和有序的情节设置来对读者造成比较强大的审美挟持所不同,《暗杀克林顿》呈现了另一种叙述和构思样貌——一种似乎有违现实和人物真实但却超越了世俗习见的描摹方式,从而进入到一个根本性的虚构与想象的艺术境界,因此它比现实真实更具有了难以言说的动人之处。

主人公秦小峰摇摆于夏鸣丽和齐小娟两个女性的情感活动之间。夏鸣丽虽然跟他上床,但是不肯跟他结婚;齐小娟虽然主动想跟他结婚,但是她的床上行为不能令他满意或迷恋。小说一开始就将秦小峰的生活置入一种矛盾之中。这种矛盾其实是每个人都有的,它一点都不稀奇。事实上,哪怕经过秦小峰的万般努力,这种生活的迷局也是无解。作为一位男人,秦小峰对性爱有着美好的追求，哪怕明知夏鸣丽不可能跟他结婚，而作为一个小人物，秦小峰虽然也出自底层，却又本能地疏远和排斥齐小娟。其实对于后者，与其说秦小峰与齐小娟的身体之间毫无亲和力，不如说他忌惮于齐小娟也是出身底层，可能预见到的未来的生活艰苦和负担令他逃避与胆怯。

这个故事的背景和逻辑就是如此。它没有更多的解释，生活也不需要过多的解释，它形成一种安稳且冷酷的悬置，把人物镶嵌在那里。我们不知道小说家宋长江要怎样打破这个故事的迷局，其实，他很容易就将故事处理成自然主义与生活流的"一地鸡毛"。是的，如果单单将这个故事按照生活的碎片化来处理，单单写一个男人周旋于两个女人之间，讲述一段苦情或欢情，再寻找一个封闭式的结尾，这篇小说也不失为一篇好的作品。但是，它对于生活的穿透力，对于哲学意念的提纯，将变得荡然无存。

秦小峰的苦恼远不是情感或肉体关系的苦恼，这些太过现实。宋长江在此揭示了一个存在主义的法相。按早期存在主义的观点，人是世界唯一的实在，这种实在不是出于理性认识，而是非理性意识，是个人心理体验的结果，包括痛苦、热情、需要、情欲、摇摆、荒谬、暧昧、无力等等。但是这一切，在现代社会，都逃不掉向着高度社会化和外在化的群体的漂移——也就是说，都逃不掉个体的死亡的幻灭感。个体该怎样由此进行突围，宋长江的神来之笔是：克林顿来了。

克林顿跟秦小峰没有任何关系。但是他提供给秦小峰一个隐喻的载体，那就是，克林顿闯入秦小峰的生活中。大街上无数矗立的高楼以及戒备森严的警察们代表了现实密不透气的严正的法相，这正如生活本身一样，但是秦小峰无意中发现了一个独属于他自己的隐秘的角度，一个生活的缺口，可以让他忘记自己是一个底层人和一个烦恼而无力的人。他要在此突围。当然不是他要突围，是他的潜意识——生命的本能要在此突围。尽管他没有枪，但是一把长形管状的拖布杆儿就可以满足他瞬间的想象和行为。在这里，克林顿跟他有什么关系、他能否暗杀克林顿、他自己是否觉得这一切非常可笑，统统变得不重要。重要的是，他突然有能力抛弃生活的惯性，打碎生活的逼仄，让现实的逻辑在这里戛然而止和重新组合。这是证明他继续活着、活得出类拔萃、活得无比真实的唯一注脚，是一个无法躲避的悖论。

　　原来，克林顿不过是一个符号而已。在这里，无论是作为主人公的秦小峰，还是作为小说家的宋长江，没有人试图指责他们的虚妄。如果有，那么我们可以说，生活本身难道不是虚妄的吗？秦小峰需要对现实的闯入者进行一次"暗杀"，反过来说，这也是生活对他进行的一次猝不及防的"暗杀"。人与现实达到如此的默契，这是生活"有意味的形式"之一种。

　　一个小说家，他如果能够对生活发出独特的阐释，发现生活无处不充满玄机，并以超出时空和固定的心理方式对其加以拼接、重组和捍卫，那么我们几乎就有理由说，他是一位优秀的小说家。

　　在《暗杀克林顿》里，我们看到了这种品质。

选自二〇一七年第七期《海燕》杂志

第四辑

思考

江湖夜雨十年灯
——回忆长篇小说《我在你身边》的写作

前段时间因为搬家,在狼藉和尘封的资料柜中收拾旧物,发现了我十年前写作长篇小说《我在你身边》的手稿和厚厚的写作资料。这些资料既有草创、构思的大纲、人物关系列表,也有近百张记录我无论吃饭时、出差时、睡觉时随兴写下的小说语言片段的卡片。因为作品的故事背景涉及深圳、东莞和香港等地区,更有关于深莞地区和香港的建筑、流行服饰、汽车、化妆品、民生新闻、餐饮和酒店管理甚至人才招聘信息等等的分类材料,还有我专门去这些地方体验生活与搜集素材的笔记。这些材料被我分装在八九个厚厚的牛皮纸袋子里。我还记得十年前,写完这部长篇小说最后一个字时,把它们放在柜子里的心情,似乎是终于松了一口气,并与过去的生活做告别。这种心情盖因为,我浸淫其中的时间太久了,为之付出的也似乎实在太多。它们成为你的生活垃圾,只是这垃圾,证明你如何活过,所以不舍得扔去。

如今因为搬家，我再次邂逅它们。十年，竟然过得这么快。

从最早的部分零星纸片和记录痕迹可以看出，这部长篇小说的构思其实还不止十年前，而是二十多年前，我还在辽宁文学院读书的时候。它最早的故事来自一则真实报道。主人公是一位年轻的女模特。这是一个灵与肉、爱情与背叛、沉沦与激情、传统与现代之间的博弈和纠结的故事。后来，我觉得，它的故事有点儿类似美国电影《不道德的交易》。但是，这确是二十世纪九十年代，作为改革开放前沿城市——深圳，以及香港回归之际——部分的、广阔的城市女性和人性的某种走向与写实。只不过，我后来还发现，就像我在作品中隐晦流露的那样，我的主题是在升华与叙写："人生，不要总是寻找意义，而是要创造意义。"这个观点不仅是对笔墨最重的女主人公苏米的答复，更是对在城市中处处寻找自己的妻子苏米的男主人公许晚志的一个劝诫。——也是对他们俩共同的一个劝诫。也或者是，对我们自身、对每个人、对每种生活态度的一种自我提醒。就比如，我这次搬家，发现家里的各种储藏柜里，几乎繁乱极了，我有无数自己经历过的生活的"有意味的形式"——各种物品、纸片和用具。我知道在人世间，有一个名词，我把它看成是某种哲学指向的范畴而不是心理疾病范畴，叫"储物癖"。妻子也对我说："扔掉它们！""扔掉它们，才能不断面向新生活！"她的意思与我作品里想要反映的意思难道不是如出一辙吗？然而，我不舍得扔掉它们，不是说我刻意节俭，也不是说在如常日子里的某一天，你还能用到它们，不是了。它们可能一辈子也不会再被使用，甚至连看都不会经常看到它们，然而（还是然而），你扔掉了它们，"怎么证明你曾经这样地活过？"（川端康成语）既然证明不了你如何地活过，又何来"新"的生活？或者，你的"新"生活又有何意义？人生的许多意义之一，就来自悖论。没有悖论，也就没有人生。虽然我今天说的这个想法，恰恰也与我在作品中所要表达的成为一种悖论。

长篇小说《我在你身边》从当初构思，一放就是许多年，甚至我记得好像在比十年前更早的年份里，《文艺报》曾经披露过我要写的这部长篇小说，然而一直没有动笔。我记得有位作家同行说过一个观点：小说，不能在完全构思成熟时才动笔，尤其是恒久地构思，因为你构思太成熟的话，对所有故事或细节的脉络太烂熟于胸了，所有的作品人物和人生走向都在你的脑海里无数次地预演过，你往往也就失去了写出它的动力和激情。我觉得这话是有道理的。

十二年前的某一天，我突然接到一个陌生电话，来自东莞文学艺术院。大意是，东莞文学艺术院，作为全国首家大型文学艺术院，正在首次面向全国征集五部长篇小说选题和写作，待遇还不错，问我是否看到过相关新闻和启事。我说："关于你们这个事情的宣传几乎铺天盖地，我看过的。"对方说："那你有长篇小说的写作计划没？"我说早就有过。对方说："那你为什么不参与一下？"我说我担心你们干涉我的写作内容，所以我没报。对方说："我们绝对不干涉你写什么，怎么写。"接着，对方还说了一个我当时和以后的当事人完全没有跟我讲过的、我也完全不知道的事情，因为著名评论家雷达先生受邀担任他们的名誉院长，此次征集长篇小说选题，全国报了上百部，在经由雷达、陈建功、张胜友等人组成的评审中，原计划选出五部，但实际只选出四部，还差一部。这时候，与我素昧平生的雷达先生嘱咐这位给我打电话的东莞文学艺术院的负责人之一说："辽宁有个写小说的于晓威，你们问他有没有长篇小说的构思计划，有的话，让他报来看一下。"

于是我就报了。选题顺利通过专家组评审。

作品写了大约半年之后，母亲去世。我立刻没有信心和心情写下去了。我曾说过，母亲在，我的哪怕点滴的写作成绩，都是一种沉甸甸的收获。母亲不在，我再多的收获，也变为我在世俗中的一种炫耀。于是，这部写了一半的作品，几乎作废，就任它搁在那里。一耽误就是半年多。没有多写一个字。

突然有一天，我在外地工作和生活的大姐，打电话跟我说起这件事，大姐说："你知道妈妈弥留之际，我护理她时，她最关心的是什么吗？"我问是什么，大姐说："妈妈说，她知道你的长篇小说写了一半，她说她什么挂心的事情也没有，就怕你这小说写不出来，并且给人家食言了。"然后大姐又说了一句："你相信吗？你如果写出来，妈妈在天上，一定会看到的！"

我默默撂了电话。我信。

又过了半年，将近完稿时，当时的《当代作家评论》杂志主编、著名评论家、编辑家林建法先生兼职大型文学刊物《西部·华语文学》杂志，几次打电话，要我将作品一定交由他那里发表，虽然当时也有几家刊物约稿，但是因为我和林建法先生共同生活在辽宁，十分相熟，他又算是我省作协里面的领导，我说好。不久，当时刚从京城的作家出版社调任浙江省大型文学刊物《江南》杂志主编不久的著名作家、编辑家袁敏女士，不知从哪里得到消息，给我写来一封热情洋溢的信，跟我约这部长篇，我因为跟林建法先生有约在先，只能诚恳地表示感谢。旋即，袁敏老师又专门给我打来电话，说："晓威，这部作品请一定给我，我把它发表出来。你信不信？你不给我，大姐我就直接订机票，去你家里拿。"

我信。怎么能不信？我和袁敏老师虽然在当时彼此完全不认识，但是凭她的业内口碑和为人，我怎么能不信。再说，我又何德何能啊？！在这里，我非常对不起林建法先生。

于是，这部长篇小说首发在二〇〇八年第五期《江南》杂志上。十年来，我的生活和工作，又不断面临各种变化和调整，面对的是自我狼藉和杂乱的日子，加上心情本就散淡和拖延，便也没有将这部长篇交由任何出版社出版单行本的想法。

去年，中国作协评选全国首届少数民族文学之星，辽宁省作协创联部的宋斌女士，按照组织工作程序，几次要我上报这部作品，我延迟到将近截止时间，也没有报。没有其他原因，只是觉得时间太久，我觉得自己这作品，由于种种原因，还是没有写得更好。后来，中国作协的杨玉梅女士，也几次打电话鼓励我报，甚至，据宋斌女士说，辽宁省作协创联部主任周建新先生，还专门为此给中国作协的陈涛老师打电话，说明我会报的。于是，我将作品重新校对和润色了一下，尤其将结构做了全新的调整。这才有了这部长篇小说的单行本——也是我私心里其实非常不安也非常希望见到的一个长篇小说的单行本。

十年里，对这部作品曾给予关注和提携的雷达先生、张胜友先生已经不在了，陈建功、高洪波、林建法、袁敏几位先生也退休了，我忘不掉他们。这部书的出版，代表的是我的新生活的开启，它的另一种最大的意义还在于，它让我重温了自己经历过的一切，也就像我前面表达过的："不守过往，何知来途。"

我也必须诚恳地感谢宋斌和杨玉梅女士，感谢彭学明、陈涛、包明德、李一鸣、孟繁华、周建新等诸位先生。感谢作家出版社的领导以及本书责编史佳丽、李亚梓老师。你们给了我一个亲切而完整的现实。

文学和生活，还在继续。

我为什么手写小说？

手写有助于不写废话。我经常是——许多朋友可能也经常是，或者曾经经常是，面对稿纸，枯坐一天，冥思苦想，落不到纸上一个字。或者是，落上了几行字，又撕掉了；还或者是，终于只落上了几行字。那么，面对电脑屏幕时，这种情况就会很少见。想一想不奇怪，因为你面对电脑和纸张的眼睛受损付出成本是不一样的，面对纸张，几小时写不出一个字，于眼睛几乎无损；可是面对电脑屏幕，几小时打不出一个字，你会感觉不正常，不值得，因为屏幕在刺激和辐射眼睛，你不写，会潜意识感觉对不住身体成本的消耗，所以你就试着或硬着头皮写了。而在我看来，这种打字打出来的作品如果放在纸上手写，十次有八次就不会去写了。也就是说，手写的东西，往往排除和过滤了应付一说，很少废话（或废品），写出的东西，应该也就更加纯粹。

手写有助于语言个性的塑造和张力的维护。在纸上书写，每一句话、每一个词，我们都会在纸上反复尝试，反复勾抹，最终加以挑选确认。比如，"他索寞一笑"，你觉得不够理想，把"索寞"画掉，换上"寂寞"。"寂寞"不好，你又换上"落寞""孤独""孤寂"……最后，你终于还是在这些涂抹的词语间掂量，觉得"索寞"最有况味，于是确定下来。注意，这个时候的纸上书写，为你的最后选择提供了可能和余地，因为你画掉的那些词，还是在纸上可以辨认的，而如果在屏幕上，它们是接替覆盖和消失的，即便用返回键，也是一个个返回，不能一起并列提供给你直观的印象和选择。尤其是，我们一周或一个月后完稿时，需要回头修改自己的小说，我不相信哪一台电脑返回键，还容许你找回当初的那些词语。除非你根本就不修改，或者，你的大脑记性超过了电脑。手写有助于保持对文学精神的崇高理解乃至捍卫。这个可能是最重要的了。古时候，舜藏黄金，以塞贪鄙；躬劳阻技，以养拙气。譬如农人每天挑着扁担去河边汲水吧，非得过几里山路，一路坎坷，那水倒在自家的水缸里慢慢饮用，才觉得甜，才觉得生活有意义，如果发明一种什么技术，坐在家里泉水就自动流进水缸，他就不会怎么珍惜那些水，同时也不会珍惜那些水给他生活带来的那些意义和快乐。写作也是如此，太简便了，电脑技术促进了打字的产量，那么接下来你无形中关注的就是频繁的发表和稿费，从而慢慢丧失了对写作本真意义的感觉和守望。而深刻的写作和真正的作家，他们往往注重的是对文学精神之气的培养和文学信念的高蹈。这个潜在的意义，我觉得是最大的意义。在写作上，妄图让自己写得更舒服些、更便利些、更取巧些，在我看来，这恰恰是最费力气和最笨的事。

每个作家越是在现时代,越应该有一种自觉的手稿意识。

选自二〇一四年四月十六日《文艺报》

先锋小说完蛋的十一个理由

1. 不可自我重复。由于大多数的先锋小说,在表现人生内涵与社会未知领域等方面时,均使用极端的表现手法和独特的哲学意象,这种鲜明的特征使作品无法在形式或主题上重复自己,因而无法促成更多产量,而在一个物质化和符号化发达的社会,读者更容易记住的往往是频繁出现的作者名字和目不暇接的众多作品数量。

2. 来自后面的攻击比来自前面的多得多。这可能是先锋小说的最大悲哀。

3. 尽管如此,先锋还是启蒙或启发了落伍者,随着时间的推移,落伍者按照已掌握和已熟悉的地形图迅速跟进,并仗着人多势众而最终淹没了先锋。

4. 大多数成年读者虽已告别童年,但仍旧喜欢喂养式的文学。先锋小说的严肃策略在他们看来不过是一场场风花雪月,因而,吃得饱永远比看得好更重要。

5. 庞大的出版机构和发表机构迎合了读者的口味。

6. 电影和电视业界在消费文化上的表现则更为拙劣。它们对小说艺术的改编仅热衷于通俗易懂的线性情节，以及对现实生活做经验主义和机械主义的客观描摹。

7. 多数的文学评奖好像也忽略它们。也就是说，在所有社会行业和分工里，大约只有文学的先锋是不受表彰的。

8. 先锋小说哪怕再谦虚和推让，也卸不掉头上的"外国文学思潮的翻版"这一桂冠。糟糕的是，同样，我们的现实主义小说曾更多受到俄苏文学的影响却享受不到此等"殊荣"。不过退一步讲，文明被创造是伟大的，那么传播其实一样伟大。这样的例子简直不胜枚举。

9. 不可否认，先锋小说作家的内部出现了哗变与瓦解。有时候，跑得越快的先锋，叛变和投靠另一股力量的距离也越短，可能也越大。比如投靠市场、投靠资本、投靠其他世俗的种种诱惑。

10. 先锋小说叙述和主题的冷酷与不温暖。在那些怕冷的人看来，除了夏天，他们是连春天也要抱怨它不够温暖的。

11. 先锋往往需要更好的体力、更好的给养和坐骑，事实上这些都没有。文学的先锋多是在别人睡觉的时候，以夜为昼，徒步跋涉。然而终归气力不支，败下阵来。

即便这样，先锋小说还是胜利的。哪怕它会完蛋。然而，对人来说，又有什么事物和判断不会是最终完蛋的呢？在一片没有任何障碍或失去目标的地平线上，先锋的身影不管怎么说，还是温暖和激励了我们的双眸，他们孤独行进的勇气和堂吉诃德式的周旋,为文学扯出了一面迎风大纛。

何况,波德莱尔说过,先锋就是过渡、短暂和偶然,就是艺术的一半。另一半是永恒和不变。

因此,我再一次向先锋小说致敬。

选自二〇〇七年第四期《文学自由谈》杂志

《鸭绿江》：现实，厚重，睿智，超越

《鸭绿江》文学月刊由中共中央东北局创刊于一九四六年，被誉为中国共产党在东北建立的"第一份文学骨血"，也是新中国成立前夕国内创刊时间最早的老牌文学杂志。写出《暴风骤雨》和《山乡巨变》的著名作家周立波曾担任刊物的早期主编。创刊七十年来，历经无数风霜雨雪，以圣徒和奇迹般的毅力及精神捍卫文学尊严，拓凿文学干道，连续出版达七百五十多期。七十年来，《鸭绿江》文学月刊团结了国内一大批著名作家，扶持了无数文学新人，为中国当代乃至现代文学史提供了许多优秀和重要的作品记录与结晶。

二〇一六年岁末最后两个月，我接受辽宁省作家协会党组工作安排，出任《鸭绿江》主编，并着手对二〇一七年杂志进行改版。

1. 艺术首先是形式主义呈现

二〇一七年新年第一期的《鸭绿江》，悄然放弃了前些年期

刊界流行的大开本样式。大开本读物在生活节奏加快、人们交通与出行更加便利的现时代，我们认为已不利于文化受众携带、捧读、交流、传播乃至保存与收藏。而如果回归标准的十六开本，其形式上因已统摄国内期刊界几十年，我们的改版已无法颠覆读者的视觉感受并给读者提供一种陌生化的审美观感。法国著名服装设计大师香奈尔曾经说过："设计师并不需要不断地创新，他只需要在合适的时候拿出合适的款子。"一切形式的推出都应该基于特定的环境观望和审美语境的考察，然后做出应变。于是《鸭绿江》决定从两者之间跳脱出来，变成了瘦版十六开的异形开本，并由原来的一百二十八页增加到一百六十页。这样，加之内文版式以单栏形式出现，使受众的先验感觉是版面金贵，内容俭省，每一篇文章都是值得阅读的。同时，刊物的封面追求极简主义与纷纭感结合，沉静、朴实，充满可能性，佐以页码增厚，力图使之呈现出优雅和大气的一面。

形式主义首先也体现在栏目的设置上。针对传统四大版块"小说""散文""诗歌""理论"，本着打破国内传统文学刊物僵硬、固化、沉闷的版块系统和格局的想法，我们新增了"读·闻·观""钩沉"和"国外新作速览"三个精品栏目。栏目不是为增设而增设，不是从一锅大米饭里盛出一碗单独拿出来它就成了另一道菜，而是要研究怎样调整读者的阅读节奏、阅读心理和审美的移步换景问题，使各栏目均具有独立承担的理念与意义指向，在形式、内容、精神追求方面各不重叠和交叉。"读·闻·观"是关于国际范围的文学与文化书籍、音乐、电影的哲学与审美解读，"钩沉"是文学前辈或身历者关于文坛历史、细节或人事的回忆，或正本清源，或钩沉索隐，以期为后来人做文史和文化的研究参照。"国外新作速览"是关于国外作家的最新或首译到国内的小说、散文等作品。我们这样努力的目标，就是为了强化文学本体、优化阅读节奏、深化文学活力、细化阅读感受，使刊物变成一本更加具有全方位、立体化文学审美的纸介艺术品。

2. 关于内容和风格

《鸭绿江》文学月刊立足东北，这是受地域和历史决定的，也是现实。东北文学相对全国来说，具有强大的写实主义传统。我曾经说过，自然科学必须讲进化，而艺术只有变化。不能说是现代主义文学一定比现实主义文学好，反过来说也有失公允。就比如我们不能认为墨西哥古代洞窟岩画就一定比后来的毕加索的绘画更有价值。两者是等量齐观的不同山峰。但是，一切强大和习惯性的东西都会因缺少变化而形成流弊，这是哲学意义的自洽和自限法则所规定的。因此，如何审时度势、如何矫枉过正、如何创新突围，是我们在选稿和组稿时，就内容与风格方面，首先思考的问题。

《鸭绿江》因为是辽宁省作家协会主办的文学刊物，首先要办成辽宁甚至东北文学的风向标。"风向标"的意义不是说辽宁或东北本土出现了什么样的文学样貌与质量，你就端上来什么样的文学，而是要在当下（我之所以重申"当下"，就是将此视为未来仍可能会发生流变）保持文学水土和固有风格不流失的情况下，给大家尽量提示和呈现"什么是好的文学"。好的文学意味着放开眼界，向全国和世界看齐；意味着不墨守成规，不沾沾自喜，不唯我独尊；意味着艺术不但要反映现实，还要表现现实；意味着作家不但从眼睛的外部角度看生活，还要从内心的内在角度看生活；意味着作为一个作家，你仅是作为一个"人群中的人"去共振、复制和描摹生活，还是这里面有你强烈的个人生命属性；意味着你仅是把语言作为讲述故事的中介和工具，还是把语言作为工具的同时，更把它视为一种进入故事的哲学角度或方法论，甚至是内容的一部分；意味着去掉一切陈词滥调，意味着直面现实，意味着有独特审美趣味，意味着"向人类精神世界的最深处探寻"……

新年第一期的刊物出版后，我们收到许多作家和读者的反馈是：《鸭绿江》栏目增加了，目录却变少了，每篇文章都"值得读，读起来不累，同时又需要慢读"。这也是我们改版的理念追求。精选优质稿，杜绝人情滥稿，我们愿意让每一位读者，在这个喧嚣匆忙的时代，体味到阅读、审美和思考的乐趣。

日本著名的文学刊物《新潮》杂志创刊至今有一百多年了，它的历史感和漫长的办刊时间，令世界上许多作家和读者们心生敬意和羡慕。我常常想，《鸭绿江》与国内众多优秀文学期刊兄弟同行相比，也许仍旧走得步履蹒跚，但是我有一个梦想可供揣摩和欣慰，《鸭绿江》已经有七十年的漫长历史了，如果它走到一百年的时候，一定也会给文坛留下一份美好吧？

选自二〇一七年二月三日《文学报》

报朋友书
——《鸭绿江》改版一年来谈谈心里话

我受命担任《鸭绿江》主编并着手将杂志改版，整整好一年了。这一年来，《鸭绿江》在外界取得了一点成绩和反响，我和我的同仁们都非常欣慰。这都是作者、读者和朋友们支持、理解和关注的结果，我们愧不能报，好在于这个时代，每个人有一点铭记心还是不容易的，所以我们会用心铭记大家对我们的支持，这个东西我们想忘也忘不掉。

这一年来，作为编刊人，我和国内大多数文学杂志的编辑老师们一样，孜孜不倦，含辛茹苦，甘做牛马，悚惕而行，寸心谁知。除了朋友们的鼓励之外，也有一些朋友不太理解，觉得杂志对稿件要求太高甚至苛刻，更多人的稿件在这里难以发表。我愿意在这里跟大家谈谈心里话。

1. 杂志办得好一些，就是在为大家负责，包括对于退了稿的朋友。人性有一个弱点，如果迁就平庸的稿件，它的破窗效应会导致没有底线和边界，如果一味地宽容、俯就，杂志的质量就会一步步后退，后退……最后退成了内部刊物的效果（这里没有贬低内部刊物的意思）。那时候，你们在这里即便发表了稿子，也不会有荣誉感。所以，我们这是为大家好，更是为了那些给我们无私提供优秀稿件的作家们以应有的尊严。

2. 我从不认为主编是一个岗位，他只是一个厨子。每期杂志就是一桌子的菜肴，厨师要懂得搭配。都是清淡的不行，吃不出香，都是过油的也不行，无法把整桌子菜吃完；都是甜的不行，都是辣的不行；都是都市题材的不行，都是农村的也不行。所谓艺术，不是你怎么苦心孤诣在创新，而是你要在不同的季节拿出不同的款式。因此，有些好稿子，发得慢了些，不是我们怠慢，而可能是我们要在每期刊物格局和内容上追求穿插的搭配。这样读者收到刊物再读，会感到有移步换景之妙，不觉得疲累。

3. 这一年来，退了许多各地老领导和我的老师们的稿子，他们当年都对我很好，于今也对我很不错。他们会不会给我"上眼罩"？我会不会背负忘恩负义之名？但是令我非常感动的是，他们都是那么支持和理解我，就像当年培育我一样。我有时候想想会有落泪的感觉。

4. 我的一位亲舅舅，写散文三十多年了，在《人民日报》和《散文》及《散文选刊》发表过很多散文，也正规出版过好几本书，去年一年来，连续给我投了五六篇散文，均被我一一退了，至今也没有在我们刊物发过作品。他跟我数落他小时候怎么对我好，我说舅舅我过春节时去看你。

5. 事实上，说句老实话，因为我们的稿费不高，许多时候不好意思跟名家约稿,那么杂志还要办好,怎么办?恰恰是只能从大量的基层的无名作者中,发现新人,给稿件予以修改或帮助发掘出来(当然前提是有修改的潜质和可能)。好多在外面没有发表过作品的基层作者,但是作品很有潜质,经过我们的推出,他们的稿子被《小说选刊》《小说月报》《中篇小说选刊》《中华文学选刊》《长江文艺·好小说》《散文选刊》以及《诗歌年选》选载,我除了感谢这些选刊老师们的赏脸,我还能说什么?我曾经跟我的编辑同仁们打气说:"稿费高的杂志办得好,牛;稿费不高的杂志办得好,更牛啊。"——除此我还能说什么?我们办得还不够好,但我们努力在办好。

6. 一年来,我们尽可能节省所有的经费,一心想着如何给作者们多发一点稿费,这个时代,我们都知道作者们不容易。我们的编辑在周末时间还多次加班,没有一分钱加班费,他们任劳任怨。我和我的同仁们一年出差不到三次,都属公务,不是没理由和机会出去旅游,而是尽可能减少差旅补助和开销。我们的主管与分管领导那么关心刊物的成长,殚精竭虑,我们都看在眼里,不好好做杂志,我们也对不起他们。

7. 那么多的文学期刊的主编同仁,如果我没有冒昧地僭越的话,在严格对待我的稿件这方面,他们都是我的好老师。他们在极其认真地编刊,就我有过交往和知晓内情的来说,李小林、程永新、李敬泽、袁敏、林建法、何锐、宗仁发、陈东捷、宁肯、王干、刘书棋、程绍武、魏心宏、谢锦、朱辉……太多太多了,原谅我无法一一说出,我从他们的身上,学到了中国文学编刊人的敬业和端重。中国作家出版集团管委会副主任徐忠志老师曾经说过一句话，我非常赞同："为中国当代文学做出递进和见证力量的，从某个角度来说，不是出版社，而是传统文学期刊。因为出版社可能要更多地考虑市场，而传统文学期刊出于大家都知道的原因，大部分还是依赖地方扶植和拨款，事情与现象永远是有利有弊，互为反转，恰恰因为在目前国民读书的大的文化语境还有待提高，或者说还不足以使纯文学期刊在经营市场里如鱼得水的时候，传统文学期刊因为较少考虑市场因素的干扰，反而会一心专注于纯文学的鉴赏和建设。所以，我一直觉得，不论大刊小刊，这个责任是重大的。"

8. 除了上述作家，还有其他许多著名作家，他们都身为编刊人：北北、王十月、王族、范小波、黄土路、文清丽、斯继东、郑小驴、钟求是……他们把杂志办得那么好，我知道他们的苦。有一句话说："你想毁掉一个作家，就让他做编辑去。"这固然是玩笑话，但是他们确实因此耽误了大量时间。以他们已有的名气，除了多写属于自己的作品，他们图什么？

9. 只有一点可以剩下来揣测，既然身不由己，耽误了自己的写作时间，那就值得把杂志办好，否则，先不要说对不起读者或领导那样的话，首先对不起自己的生命和时间。两头耽误，何苦来哉？

10. 文章自古清贫事。在这个时代，文人们无权，亦无钱，可能只剩下一点良知是属于自己的了，文人中做编辑的更是如此，否则连街头屠狗者还不如。如果这些编辑们堕落，那不仅是他们人格的失败，更是他们受到的文学修养和启蒙环境的失败。兹事体大。沉瀣腌臜终是少数，请不要以他们看待大多数。

11. 著名诗人、我们刊物的诗歌编辑柳沄老师有一次跟我聊天，无意中谈到某一位作者给他寄了比较名贵的公文皮包，同时寄来一组诗歌，柳沄老师自掏腰包花费快递邮费给皮包寄了回去。我当时感动不已，我说："柳老师，谢谢你，你这是在无私地帮助着我。"也是这个原因，《鸭绿江》资深老编辑、副主编宁珍志老师跟柳沄老师退休后，我执意挽留和返聘他们。我是心里舍不得他们。《鸭绿江》作为国内创刊时间最早的一份纯文学杂志，起码在感情上，对我来说，它中正蕴藉的血脉不能中断，我需要他们的涵养和陪伴，祈愿他们再带我一程。我一直想，日本的著名文学杂志《新潮》已有一百多年的历史了，它们推举了无数优秀作品。我们刊物已有七十多年的历史了，身不能至，心向往之，我们只想对时间负一点责任。多年后大家别骂："那家伙做刊物期间，什么都不是。"对，我们只剩下这一点虚荣心。但这种东西，并不能使我们进步，我们也无意于靠它来进步。

12. 最后，还是希望大家把好稿子交给我们。我跟你们是同行，除了在其他刊物上我们的作品相遇之外，我希望在我们的刊物上，我在你们好的作品下面的一个小小的角落里，署上我作为普通责编的名字。祈愿我们的名字以这种方式来相遇。若干年后，无意中翻出这本杂志时，它成为我们友情的见证。

选自二〇一八年一月二十二日《全国文学报刊联盟》

我的文学与生命观

1

多年来从事文学创作,似乎一直思考的是,文学能为现实做什么,但当二○一六年马上过去,新年即将来到——无论从历史、传统、旧俗,还是从个人生命和心理意义上讲——需要总结些什么的时候——尤其是面对这本小书,需要写一份自序的时候,我突然有一种恍惚怔忡、不知如何言说的困惑:对于文学,就我自己而言,我为它做了什么?

从世俗的角度来说,对于文学,我做的还真是不少。初中时因为它,我学习偏科,除了语文,其他科目全部自愿放弃,忍受着老师们无数的责骂不说,还害得我毕业留级,最终连正儿八经的高中都考不上,只好去了一所职业高中的美术班打发青春期了事。二十岁左右,刚在县城文化馆参加工作时,承蒙一位好心的、爱才的邮电局局长相中了我,他费了好大的劲儿,经过市里和省里两级主管邮电部门特批，调我去县城邮电局人事科工作，并给我分房福利。我去干了三个月，百般不适，深感背叛文学，无暇伺候它，于是厚着脸皮找到局长大人，要求调回原单位，楼房我也不要了。后来的下场是我与妻子辛苦积攒了十年工资，才自己买了一处楼房。因为调回文化馆，又有时间可供支配了，再加上那时候一贯受到深厚的"社会主义现实主义"创作法则影响，自己主动跑到偏僻农村体验生活，搜集素材，却因连日奔波疲劳，于一个细雨飘忽的下午，竟在江上行驶中的木船的甲板上睡着了，醒来后浑身瘙痒，遍布湿疹，此后眼睛见风落泪，遇水浮肿，于是一个叫作"顽固性荨麻疹"的怪病折腾了我足足十五年。其间喝了无数汤药，寻了无数偏方，皆不抵用。冬天不敢出门，雨季不敢赴约，为此错过了多少与异性们聚会雅坐的机会。好在此症于十年前，不知不觉中，它自己竟完全消失遁形，让我康复如初。再后来，遭遇过多次唾手可得、明确之极的步入仕途和攀升的机会，皆被我一一婉谢和放弃。

能说我为文学没做什么吗？

但是没用，你做出这些，文学不一定就觉得你顺眼，文学还要看你另一方面为它献出了什么。

那就是作品。

说作品我气短，知道自己干得确实不像话，不够好。但是尽管这样，也还有点一以贯之的底线。

没太写一套做一套。也就是说，没太一边在作品中塑造善良、公平、正直形象，一边在生活中见利忘义、虚伪猥琐、前倨后恭。

没太糟蹋汉语言文字。对它的热爱是从里到外、从内容到形式的。追求简洁、凝练、富于表现力和张力的文字，并且一直坚持手写，以体现对其身心俱服，内外兼修。

没太重复自己。文学是一个高贵和聪颖的女子，你对她展示你的智慧和桥段，展示你的迷人空间，不可再三。那样不仅仅是亵渎对方的美丽，更是侮辱自己的智商。只习惯用一种方式说"我爱你"是无力的。

没太一心只写正确的故事，而慢待旁门左道、身体发肤与变态小我。再好的金銮殿旁边也得有厕所，城市没有垃圾场就意味着处处是垃圾堆。人去了感官什么都没有，血液也是流动的，榜样和标本在某种意义上来说也是尸体。

没太考虑为金钱写作。这个真不是哪个生活中伟大导师教的。是天性。若说我不自量力，那好，换句话说，那是文学本身教我的。

没太觉得自己一直会写。知道自己总有写不动、写不出来的那一天，但是很清醒地偷偷发现一个秘密：写不动的那一天，可以有一个办法让人家尽量不忘掉你，那就是多扶持和帮助更年轻、更后进的人，不要跟年轻人争风吃醋，争名夺利，使大家由对你文字的喜欢转化为对你心性和品格的喜欢。

2

曾经有一段时间我对生命感到悲观。说这句话的意思，其实有一些矛盾，原因在于我一直对生命感到悲观。"一直"却又

"曾经",这是不对的。

说不清为什么。就像一个人知道空气对于呼吸的重要,他想弄懂它,但是他什么都看不到。

曾经有人就此问我:"你的生活有什么坎坷吗?"我说没有(这要感谢上帝)。"你觉得生活还挺幸福吗?"我说当然(因为我很容易知足)。他不客气地看了我一眼:"那你就是作秀,精神撒娇。"

这当然不对。他把"生命"同"生活"的概念弄混淆了。我对生命感到悲观,并不是说我厌弃生活;反过来说也对,我热爱生命,但我未必热爱生活。况且,悲观从来不是失意者独占的权利。

对生命悲观并不是说怕死。当然,一个人说他怕死,这并不是什么丢脸的事。"惧彼无成,竭日惜时",我想,只有浪费时间的人到头来才真正怕死。一个珍惜时间并孜孜以求的勤奋黾勉的人,死对他不是终结,是靠近完美。

由此想到了时间。想到了相对论。我想,人的生命或许无法卓有成效地延长它的长度,但可以拓展它的宽度和厚度,使它看起来变得立体一些。一个作家或艺术家,他的天然的操守和福祉在于:他必热爱读书,如此他接通了逝去时间的通道,与前辈生活形态与思想对话;他必生活在现实和当下,这是他生命个体赖以存在和运动的方式,是他现世的责任和底线;他也必然要想象和创造,他得以超前观察和生活在未知的人生领域,预见并瞻想邈远的未来。如此,他活了八十岁的话,他可以说:我活了三倍于此的年岁。

也就是说，从上帝手中偷回一些派定之外的生命，这是作家、艺术家们的乐事。

3

生命的前提是自由，写作也是。我喜欢自由的写作。我写作不一定是因为生活太沸腾，太广阔，使得我要去反映它，有时候恰是因为现实世界太单调，太沉闷，我的心灵要冲破它的束缚，奔向另一个虚构的世界——或曰"空虚"，它同时也是另一种真实的世界，因为它确实存在。那么，我觉得作家"关注"现实固然不错，但不应反过来完全被现实给"关住"。我喜欢忠实反映现实的小说，但我也喜欢不忠实反映现实甚至歪曲现实的小说。一面镜子映出了现实，说明它只是工具而已；一泓清水映出了现实，它就跟上帝有关了。

谈到现实，谈到生活，就无法不谈到体验它们的方式。我理解并体会的"体验生活"，也许应该有三个方面：一、个体生命所依赖和被包含的无所不在的当下生活；二、离开自己原有固定生活范围，为某一理念和追求去短时期探究或占有别的生活；三、读书生活，它同时代表记忆、回忆和想象。这三个方面，既可以独立和分别发挥重要作用，又可以互相渗透与影响，随着个体生命对外部世界的不断认知而此消彼长。

如今，随着现代技术性社会的来临，人所感知的外部世界变得越来越驳杂和无限。在一个普遍技术化、工具化、物质化的时代，人越是追求外在的东西，就越是容易丧失自我。因此，对一个作家来讲,采用多大限度体验生活以及用什么方式体验生活,不仅是一个文学问题,也是一个生活价值取向问题。

套用庄子的话来说,生命是有限的,而生活无限,以有限的生命追求和体验无限的生活,殆矣!退一步讲,也许任何一种体验生活的方式都是无辜的,关键在于你怎样既融入又不融入你所处的生活。即,体验生活的终极意义不意味着去体验别人的生活、用别人的心情和眼光看世界,而恰恰相反,体验生活,恰好是为了关注自己。观察生活的流程,就是观察自我的变化。它意味着时刻表达自己的判断,充实自己的生命感受力,抒发自己的思想。差异决定认识,如此,你也才可以为你所体验的那个世界和那段生活发出独特的代言。

曾经流行于评论界的一句话叫作"生活远比小说精彩",似乎有凭此嘲笑目前小说无能的意思。殊不知这句话本身就存在一定的谬误。因为,它的文学伦理出发点无非就是:小说应该完全纪实,最好和生活一样——从而完全将小说拉入庸俗的形而下的泥淖,忽略了虚构才是小说的审美正途这一基本事实和常识——哪怕它真的不如生活精彩和热闹。

我一直鼓吹想象的重要(所谓缺什么补什么,这也许正表明我做得不够好),想象在一定程度上意味着脱离格局,脱离格局意味着创新和冒险。然而,怀特海说过:"没有冒险,文明便全然衰败。"因此,对作家来说,想象(连带读书、记忆和回忆)也是体验生活。

4

说说底层写作。

我一直不认为写了农民和下岗工人就是关注了"底层"。同样写了知识分子,有许多知识分子在这个时代被传导上"集体失语症",自甘拱让了对社会的独立发言权和判断能力,在思想上沉溺于破产的废墟,或者与金钱的拜物教争风吃醋,他们算不算某种意义上的社会"底层"人?反映他们的思想苦闷、挤压、扭曲、堕落乃至挣扎的作品,就不属于关注"底层"的写作吗?

一九二八年董秋芳在给鲁迅的信中,曾抱怨道:"我觉得有许多……文艺家,也许是把表现人生这句话误解了。离开时代而创造文艺,便是独善主义或贵族主义的文艺了。"鲁迅在回信中引为同调并予以肯定。八年后,鲁迅在《论现在我们的文学运动》里,干脆详细加以解说:"我想现在应当特别注意这点:民族革命战争的大众文学决不是只局限于写义勇军打仗,学生请愿示威……等等的作品……它广泛得多,广泛到包括描写现在中国各种生活和斗争的意识的一切文学……懂得这一点,则作家观察生活,处理材料,就如理丝有绪;作者可以自由地去写工人,农民,学生,强盗,娼妓,穷人,阔佬,什么材料都可以,写出来都可以成为民族革命战争的大众文学。"

我觉得鲁迅的话在今天仍有鉴戒意义。哪怕是在我们时下的社会转型时期,一切主流的文学定义(包括各种文学评奖),不应该排斥那些并没有关注腐败的、并没有关注农民的、并没有关注工人的……并没有关注所谓时代的一切的文学。何况,即便是超现实的文学,它也离不开现实,它也挣脱不了人所处的时代。那么,它也是表现了时代精神的文学。

齐美尔在他的《社会是如何可能的》里面说过一句话,它是关涉政治的,但也适用于文学:"一切社会的过程和直觉在心灵里都有它们的位置,社会化是一种心理的现象。"

我理解,文学,正是要描写心理的现象,或曰心理的现实。

5

关于传统与创新。

古今中外,文学史上的所有经典,源于它们在所处时代所体现出的创新精神。

关于文学的创新问题,当下文坛的作家和评论家们谈论得比较多,但是这里面不乏存在一些误区,即文学的创新往往是跟作家生活经验和作品题材相关的一个命题。避免作家生活经验趋同和作品题材的雷同或"撞车",是保持文学创新的一个有效方法。我认为这种观点是片面的。

可以说,文学创新的意义应该分为两个层面。一个是浅表性的,或曰形而下的;一个是内质性的,或曰形而上的。如果浅表性的文学原创理论成为流行的理解模式,文学存在的意义将会大打折扣,甚至成为堕落之作。因为文学所取得的真正发展,从来就跟题材没有什么关系。也就是说,题材本身没有高下之分,我们不能因为探讨某种所谓新的现象,重新回到历史中的"题材决定论"的泥淖当中。

题材"撞车"在某种意义上说是一个伪命题。从古至今，难道还存在没有"撞车"的题材吗？生死、战争、爱情、嫉妒、仇恨、宽容、哲学意义上的渴望献身的精神，这些都是文学永远的主题，它们是不是一直在"撞车"？单纯为了回避"撞车"，那我们还"写什么"？

《圣经》里说："风往南刮，又向北转……日光之下，并无新事。"美国一位学者曾经为了给好莱坞爱情模式的剧本提供创作经验，详细梳理和考察了古今世界文学作品中与现实生活中的爱情故事类型，罗列和总结出一百多种爱情故事发展类型，这等于说，哪怕再有想象力和创造力的作家，写爱情的时候都逃脱不了这一百多种爱情发展的模式。那么，爱情的故事发展类型有一百多种，那战争题材呢？商界题材呢？校园题材呢？如果有心人出来总结，大概也不过是有限的几十种或上百种而已，其他题材以此类推。初看之下这是个悲哀的命题，文学从古至今就是在不断重复，没有发展，这岂不是真的照应了一些人的"文学死亡说"？然而文学怎么会死亡呢，怎么会没有发展呢？它永远和人类的精神相连，和痛苦、欲望、献身、渴望、想象、创造相连——文学死亡，除非发生了地球上的人类进化到木乃伊的事件。

因此，问题涉及文学创新的内质性。我觉得文学创新最根本最深层的问题，是思想的创新。

有一句话叫作"未有飞行之技，已有飞行之理"。在古代社会，虽然没有产生飞机等航空器的科学技术，但是人们渴望在蓝天自由飞行的理想早已萌生，经过一代代的无穷实践和磨炼，最终产生了伟大的现实。小说作为文学艺术的一种突出形式，所代表的正是作家思想精神的动力和取向。

在现代社会，由于政治规章的强力贯彻和商品经济法则的肆意横行，以及电视、新闻报刊等媒体对社会事件报道的铺排性和统一性的席卷而来，人们对身处其中的现实世界的经验往往是直接的和相同的，对社会和人生的理解往往是单调和一致的，所以才有了社会学意义上的"人群是一个人""单向度的人"和"平面人"等诸多说法。问题的突破点在于，虽然人们的生活经验可能是一致的，但人们的思想和想象力却并不一致，这是区分每个生命本体不同的重要标志，对作家和作品来说，就更是如此。一切法律、规约、道德、习俗包括真理，都要求恒定、一律和格式化，而真正的文学恰恰是质疑恒定、拒绝重复、打破规约的，并以此不断推动人类文明和思想的更大进步。所以，尼采说："艺术的价值大于真理。"

然而，就文学领域而言，无论是现代思想的自由者，还是传统思想的卫道者，都会或多或少顾忌到如何在理论上解决尊重传统的问题。在这个问题上，我恰恰觉得继承传统，就是湮没了传统，而让开传统，才是尊重传统。

举几个例子。很多年以前，我在当代某位作家的一本小册子里读过类似的一段话，说是在现实中某些恋爱情境里面，"恋爱的一方不是爱上对方，而是爱上了爱情"，我觉得非常有哲理。可是随着阅读的掘进和开阔，时光推移，我发现这句话是法国的罗兰·巴特说过的，再随着阅读的深入，我知道它更早的言论者是蒙田。还有，"人，诗意地栖居"，许多文章写到它是海德格尔的名言，其实，作为后人的海德格尔只不过是引述了他的前人荷尔德林说过的话并通过自己的影响把它扩大而已。艾米莉·勃朗特的《呼啸山庄》，当时赢得议论和称道的艺术特点之一，就是因为作者使用了一种类似"插叙"的结构手法。"顺序""插叙""倒叙"，这在今天简直是中学生都不屑一顾的常识，但是谁还记得这是艾米莉·勃朗特的发明呢？刘再复的《性格组合论》在二十世纪八十年代出版至今仍令许多人记忆犹新，我相信这本书给很多作家带来启发和指导，抒写普通人物甚或小人物命运的视角调整让我们的创作远离了"高大全"，进入另一种美学品格，然而，一百多年前萨克雷将他的巨著《名利场》的副题就命名为"没有主角的小说"，表示要写出作品人物"好的一面和坏的一面"，这几乎是后世产生的《性格组合论》的中心思想归纳了……类似的例子不胜枚举。文学追求创新，不能不考虑这个问题，也就是最大限度地洗去传统印记，另辟蹊径。面对历史上众多文学大师，雨果当年说过："我们虽然不能超过这些天才，但却可以和他们并驾齐驱。怎样才能做到这点呢？那就是要和他们不一样。"正是因为这样，雨果开辟了伟大的浪漫主义先河。同时，作为传统艺术观念的卫道者，也应该明白，避开传统，才是真正地尊重传统，以显露它应有的位置，否则，沿袭和继承传统，其实在某种意义上说，就是遮蔽和湮没了传统。

那么，对于文学作品的叙述方式的自我创新和努力，是不是也连带产生一种形而下的工具论倾向呢？我觉得不但不是，反而更加值得重视。因为叙述的创新，表象之下反映和折射的还是思想的创新，只不过它蒙上了一层语言物质和符号的外壳。

在谈论文学的叙事之前，我个人有个看法需要说明一下：就是文学的叙事和叙述应该是不同的两个概念。从文学的内在意义上讲，叙事更多是指涉作品的内容，亦即所叙之事；而叙述更多是指涉作品的形式，亦即作者讲述故事的方法以及采用什么手段。它们其实是不同的两个层面的问题，在文学实践中，平庸作家和优秀作家的区别，有时候恰恰在于前者重叙事，后者重叙述。叙事代表事件和题材的公共资源，这往往是共知的，而叙述代表不同的创造和品质，是个人经验和技术理解的漫延物化的结果。优秀的作家在今天，甚至往往以叙述来对抗叙事，并形成有效的纠结。上述的这个道理，就像在工厂一个产品的物质构成和生产流程虽然是一样的，可是在师傅和徒弟的手下，生产出来的产品质量却远远不一样。区别在于经验和技术。

赵毅衡教授对叙事和叙述的问题有过文章辨析，他的观点我比较赞成。我觉得文学叙述是对生命和存在的超越，也就是说，它使得小说叙述从传统的工具论上升到其实不仅仅是一种工具论，更是一种哲学方法论。这开辟了一个响亮的现实。我们知道，文艺理论常常讲"内容决定形式"，这是不错的，但是我们有没有想过，有很多时候反过来说，"形式也决定内容"。就好比一个战场指挥官面临的问题，传统思维是什么样的战场决定你使用什么样的武器，但有时候现实是，你手头拥有什么样的武器，才决定你开辟什么样的战场。你掌握不同的语言和叙述，决定了你即将完成的小说是什么样的面貌。

那么文学或小说是怎样发展的？问题很简单，是叙述的方式不同，是叙述的语态、语感、语势和语境不同，是叙述这一现实和本相的不同，是叙述的文化背景和个人风格不同，是由着叙述所产生的哲学视角不同，它们产生了新的趣味和新的理解方式，它们促进了读者反观身边现实世界的陌生性，它们引发了人性无穷的张力和思考，它们推动了文学或小说的发展，并且也推动了人类精神和社会生活的发展。文学中的叙述，其实是一个根本性的命题。

因此，才有了备受热议和瞩目的海明威的"电报体"叙述，有了菲茨杰拉德的"嬉皮士"叙述，有了博尔赫斯的"智性"叙述，有了罗兰·巴特的"零度"叙述，有了罗伯-格里耶的"物理"叙述，有了马尔克斯的"魔幻式"叙述，等等等等。从文学史的时间和断代意义上讲，真正的文学史记录下来的往往不是作家和作品的题材的不同，而是叙述和叙述所代表的哲学方法论的不同。

中国古典四大名著中，我觉得《红楼梦》是一部真正伟大和具有现代意义的小说，很大程度上因为它体现了叙述这一高超和繁复的技巧，它的语言和叙述的"阻拒"功能、"痴言呆语"功能、"感觉"功能、"能指和所指"功能，浑然一体，抛却后现代元素不计，单是中国传统美学中的张力和留白效应，它也不仅仅停留在结构和主题上。而《水浒传》《三国演义》《西游记》基本上是在叙事，从一而终地体现了线性叙述的原则。曾经有学者将《西游记》与《百年孤独》对比，认为它们同样体现了"魔幻"的特征，认为中国小说这一叙述技巧不输于国外，其实恰恰忽略的是叙述的哲学意义。要我说，何必论《西游记》，上古神话《精卫填海》《刑天舞干戚》更是魔幻现实主义的呈现了，它们的产生时间更早。把叙述形而下地捆绑成为内容服务来看待,只会指向风马牛不相及的谬途。

因此,美国后现代派作家加斯说:"文学中没有描述,只有遣词造句。"这句名言表明,小说家正是在文学、概念和转换规则中构筑他的世界,"文字具有一个远远超越其所命名的物的现实"。这些,都是在揭示小说的叙述的力量。当然,我不是在宣扬生活消解论,厚实的生活固然会充实作家的生命体验,但是作用到文学中,伟大的叙述才能体现伟大作家驾驭材料的水平和品质,而不是材料或题材的自动呈现。

6

最后,想谈谈我的绘画。

二〇一五年秋季的某一天,当我一个人孤独地散步在北京的大街上时,突然就萌生了一个念头:不行,我得画画。

说来好奇怪,我高中时在美术班学过三年美术,后来也在沈阳的鲁迅美术学院培训过,但那时候我一心迷恋写小说,画画于我而言,也许并不喜欢,只不过是想通过它谋得一份卑微的职业,比如,可以先考上一个师范之类院校的美术专业,然后当一名中学美术教师,回头再写我的小说——须知,我初中就已经留级,学习成绩严重低劣。而仅靠写小说,是考不上任何一所高等院校的。考不上大学,就意味着我没有职业,养不活自己,还写个什么小说。

但是话说回来,毕竟当年我还是痴迷文学,同学们出去写生的时间，我大抵是用来鼓捣小说了，因此美术算是学得三心二意，加上文化课成绩极差，结果是竹篮打水一场空，别人都能读上个美术院校，我却瞬间变成了一个"待业青年"。

如今我想画，画什么呢？时隔二十六年，其间我连半次画笔也没再摸过，我还会画吗？但我知道我必须得画，不画我就完了——我会眼睁睁看着自己的后半生废掉，包括我的文学生涯。

是的，我知道我这十年来，尤其是近五年，其实是患了抑郁症，尽管我之前好长时间不愿意承认。我的母亲是一名图书馆馆长，她生前除了文学书之外，还学习了大量的百科知识，包括生活和心理学方面的，她还曾编撰出版过一部生活常识书籍。她临去世前，曾偷偷跟我妻子讲："我看我儿子近期有抑郁症倾向，我不在了，你一定要多多关注他。"

而我已经没有机会跟母亲讲了，我的抑郁症，部分地源于得知她患癌的消息之后。在她离去的几年里，我几乎天天枯坐在书房，什么也不干，就是吸烟、冥想，或者在网上搜索和关注一些死亡的信息。朋友们找我玩，每次都因我的沉默呆坐而散场。

我知道我不快乐。也为之前二十多年的文学拼搏和付出——换来今天的无为——而痛惜。可我无力自拔。

彼时我站在北京的街头，想，那么我画什么呢？一个字眼跳入我的脑海——"丙烯"。我不知道丙烯是什么，好像隐约听说过它，也记忆朦胧地觉得看过美术领域里的一些丙烯作品。但此时，我只是觉得"丙烯"这两个字眼的发音是性感的、跌宕的，它的字形是现代的、陌生元素的。它照应我身体的直觉属性，似乎只有这个绘画材料才能打动我的心境。

于是我买来画笔、画纸、丙烯颜料和画板以及其他工具，在房间里夜不能寐地画。我感觉内心的许多东西被渐渐释放出来了。不，是被汹涌着剖开和喷溅出来了。我站在画板前一画就是一宿，连续半月每每如是，竟然毫不觉得疲惫。

因为画画，我开始养成一种习惯，就是愿意观察和揣摩外界的景色以及一切物象了，而此前多年，我对一切自然景观是无感的、麻木的。每次外出开笔会或与朋友旅游，隔了不到一个月，我就想不起自己开会的地方是哪里，与谁同去，或者譬如，经常将在 A 地发生的事情说成是 B 地的。

因着这种为了绘画而养成的观察的习惯，去年十月的一天傍晚，我在鲁迅文学院食堂吃完饭，独自在院子里散步。这时候，夕阳西下，暮色将至，我看到的院子里的银杏树和白杨树是那么的美。我一个人来到树下，观察夕阳的光线打在树干上的色彩是怎样的、风吹动着叶片的线条流动是怎样的，我在全情而用心地欣赏它们。五分钟之后，突然，我的眼泪流下来了，我的内心深处回荡着一个真切而久违的声音，我相信是另一个我在对自己说的，要么就是上帝在耳语，它说：大自然是多么美啊，生活是多么美啊，而你不快乐的时间竟然太久了——太久了啊！

那时候，我知道我为什么突然画画了。抛却其他更多因素，单纯从职业、信仰、意识和行为的惯性而言，多年的文字历练使我的生命越来越内敛，它像一群无数看不清的"小人国"里的怪物，将我的生命向情绪里面拽，以至情绪大于生命，封闭，混沌，而一旦感受到外界看不清的空气和事物的蝶振，就会让我感到压抑和绝望。归根结底，我认为这是一种个人感知的文化意义上的绝望。而绘画，它起码在物质和生理的属性上，以色彩和瞬间的造型呈现以及身体的动作，让我的灵魂向外舒展，与那些"小人国"里的怪物进行决绝的拔河。起码，它们是能够打个平手了，能保持平衡了。

我的心理由此安稳，我的灵魂由此正常。

也就是说，在那一瞬间，我，不仅知道我活过来了，而且绘画也拯救了我的文学。我自信我还会写得更好。

还有，如果说，我绘画的信仰是什么，我服膺于莫奈说过的："依靠教条是不能成画的……我常常为了正确地表达自己的感觉，完全忘掉了最起码的绘画法则，如果这些法则依然存在的话。"同时我还愿意援引梵高说过的："我要更有力地表现我自己，注重表现对事物的感受。"

——一切为了文学，一切为了自由。

选自二〇一七年第四期《广州文艺》杂志

小说中人物对话必须使用冒号和引号吗？
——兼与《小说月刊》及澎湃新闻评论员商榷

近日，无意中看到《小说月刊》杂志社的一则启事，要求作家在投稿时，须在作品涉及人物对话处，自行使用冒号和引号，否则作品一律不予采用。

本来，《小说月刊》的这则启事，我个人觉得，无关痛痒。凡从事小说创作十年或二十年左右、熟悉当代中西方小说史的朋友，都明白个中道理：小说人物对话用还是不用冒号引号，文随势而为，不可强求一律，这几乎是常识了。但是随后不久，我又看到《澎湃新闻》报道了此事，并延伸解读，上升到"为什么连作家都不会用标点符号了？"的高度，顿觉兹事体大，作为作家群体之一员，愿意在此冒昧啰唆两句。

单纯从语法角度来说，确实有一种情况，人物对话在小说叙述中，存在直接引语和间接引语，这个大家都明白。直接引语可以用冒号引号，比如——

他说:"我爸答应了。"

间接引语比如——

他说他爸答应了。

后者不必用冒号引号。严格来说,这个例子就不符合《小说月刊》的启事要求。但是,这个算抬杠,故免去不作数。

我想说的是,对于某些当代或现代派的小说来说,出现了人物对话不用冒号引号,恰是自符号学和小说叙述学产生以来的基础发凡与表现,是代表了小说专业领域变化与发展的实验性贡献,它所追求的,恰恰是尊重符号学本体的学术严肃精神,而绝不是轻轻的一句"违背标点符号使用规定"就可以一概扣杀的。

在普鲁斯特著名的长篇小说《追忆似水年华》里,主人公或人物的对话,不用冒号引号之处比比皆是。比如:"戈达尔在我耳边悄悄地说,她这个人会用枪口顶着古奥地利大公罗道尔夫射击……"又比如:"布洛克在他家门口离开了我们,严厉地抨击了圣卢,并对他说,他们那些军装上戴杠杠的'女婿'在参谋部里炫耀自己……"

尤其在当代意识流小说经典里,无论是伍尔夫的《到灯塔去》,还是乔伊斯的《尤利西斯》,人物对话不用冒号引号就更是"罄竹难书",因为它直接照应了叙述学上的特殊语境、间离效果或互文效应,甚至照应到叙述者的叙述时态的问题,比如,所叙之事,对于叙述者在叙述过去时的人物对话,往往不使用冒号引号,现在进行时的人物对话,则可以使用冒号引号,等等。如果不细细梳理文本,简直难以归纳体系。但,它们都追求一个原则:为叙述语境和叙述技巧而服务。

> 布卢姆先生为了听得真切一些,就朝前面探探头,用的是英语。丢给他们一块骨头。
> ——《尤利西斯》
> (注:在这里,"丢给他们一块骨头"是人物对话,但原文未使用冒号引号)

> 那么我就一股脑儿对您说出来吧。我悔改,请惩罚我吧。他们手握大权,医生和律师也都只能甘拜下风。
> ——《尤利西斯》

在这里,乔伊斯使人物对话不出现冒号引号,其实还存在一个文学美学层面的模糊表达,即:故意使读者看不出究竟是人物对话,还是叙述者或作者的客观叙述加入其中,从而扩大了作品的主题思想和叙述张力。

法国新小说派鼻祖罗伯-格里耶,在其小说《橡皮》里,人物对话基本使用冒号引号,但是在他的小说《去年在马里安巴》中,人物对话却只出现冒号,没有引号。由此可以得出结论:同样一个作家,他对待作品的人物对话是否使用冒号引号,绝不仅仅是出于某种书写习惯，而确实是为某种特殊的文本形式与叙述语境而服务的。

即便是传统作家如海明威，在其短篇小说《没有被斗败的人》当中，也出现了人物对话没有冒号引号的现象："公牛打他身边冲过去的时候，披风从牛背上掠过，边上让血沾湿了。好吧，这是最后一次了。"其中，"好吧，这是以后一次了"，毋庸置疑首先是主人公曼纽尔说的话，但是海明威故意没有使用冒号引号，其用意也是一石三鸟，读者既可以理解是主人公说的话，也可以理解是他的心里想法，更可以理解是叙述者或作者在叙述中客观插入的话，从而使作品更加耐读和有深意。

诺贝尔文学奖获得者、葡萄牙著名作家萨拉马戈，在他的几乎所有长篇小说，尤其是《所有的名字》这一部中，更是通篇人物对话不使用冒号引号。我曾试了一下，如果将这部作品里的人物对话重新标上冒号引号，原作将大失风采与水准，不堪卒读。

> 这是我的屋子，我说。他们立刻面面相觑，一时不知所云。
> 你是一个要饭的。
> 对，你是一个要饭的。
> ——格非小说《陷阱》

在著名作家格非的早期现代派小说中，无论是《迷舟》还是《陷阱》，也无论是《没有人看见草生长》还是《褐色鸟群》，包括著名作家苏童的许多长篇和短篇小说中,类似的人物对话没有冒号引号,几乎是一大特点。甚至,同样一篇作品,有的人物对话出现冒号引号,有的人物对话没有出现冒号引号,那是代表了作家在写作中,认为如果是重要的对话,就使用冒号引号,如果不重要,就可不必使用——这一切的一切,都需要读者用心去体悟文本之中的叙述奥妙和差别。因此,如果以此来论,他们不会使用标点符号,几乎不具有说服力。

说了太多国外作家和国内当代作家,如果有人觉得我有失偏颇的话,那我不妨随手以传统经典作家鲁迅的著名小说《伤逝》为例:

她说,阿随实在瘦得太可怜,房东太太还因此嘲笑我们了。

这句人物里的话也没有冒号引号。

查特曼在他的学术名著《故事与话语》以及《术语评论:小说与电影的叙事修辞学》中,专门谈到了"叙述语言的深层次结构""转换""视点""自我调节""干扰""解释""话语岗位"等叙述学符号特征,以及科学与审美,这些都对小说人物对话是否必须使用冒号引号带来一定的诠释和启发,更不消说,从什克洛夫斯基叙述的"陌生化",到后现代小说的元叙述理论,都对僵化和故步自封的文学创作做出了新颖而经典的贡献。对于文学刊物和文学现场的要求,究竟人物对话是否必须使用冒号引号,不同于对小学生作文规范的要求,这是我们需要认真厘清的一个现实。

  同样是基于这个话题,我一直想写篇专门的文章详细阐述,但囿于当下这个话题的发酵和紧迫,匆匆草成此文,用意是避免以讹传讹,贻误后学。不当之处,请方家指正。

二〇二二年八月,花园艺邸

给一位青年小说家的回信

××兄好。看了你的问题。虽则好多年来,已经断断续续地或者每年有好多人私下问我大致同样的问题,也或者,在公开报章中,也受邀给读者推荐过许多的书——其实,这已经是冒着鲁迅先生之大不韪,斗胆去犯规了——因为鲁迅先生早就说过,从不相信什么"文章做法"之类的话,更不会吹嘘谁或谁去读了几本什么推荐的书就会有立竿见影的进步。但是,你的问题仍像之前我遇到过的问题一样,既然人家相信我,我也不好敷衍,每次都认真思考和回复,因为每个人的情况是不一样的,所以没有一劳永逸和既定不变的答案。如今对待××兄的问题,复仍旧状,不敢偷懒。

其实不用按惯常用语,所谓"细细想来",我是不需要细细想来,就清楚自己读的书其实不多。当然,这里仅就小说范围而论。

若说哪些书给我"留下深刻印象"的,可能不少,只是不便一一例举，何况，因为人生际遇和心情的变化，当年觉得印象深刻，后来随着年龄增长，或视野变宽，慢慢泯灭淡忘了；也有的是，当年本不在意的某本书，或书里的某个情境、某个观点在当时看不足为奇，可是在你现今心情的某一刻，它突然神奇地浮现出来，使你觉得，它怎么竟给了你神启，于是印象深刻。我如此饶舌的意思，无非是想说，所谓哪些书读后"印象深刻"，简直不着边际，不可琢磨，亦不可概括。

但是，我还是得老老实实在特定的语境基础上，说出我的印象。并且仅限于第一次给我的阅读人生留下深刻印象的，那就是维克多·雨果的《悲惨世界》。抛开它的思想、结构、情节等方面不论，这里仅说说这部伟大作品里的叙述。正如你可能知道的，我一直并长久地对小说的叙述语言问题抱有迷恋，在高一第一节语文课时，借用我们语文老师的话来说，当同学还在为怎样写作文苦恼时，我已经在独自研究小说的叙述节奏问题了。因为老师无意中看到了我书桌上整理的厚厚的关于叙述节奏问题的理解笔记。我读文学院作家班的毕业论文，也是关于小说叙述问题的阐述。好了，借用略萨和托马斯·沃尔夫说过的话——"文学是他们生命里的绦虫"，如果是的话，那么，我觉得，叙述语言就是小说创作的绦虫。

我至今也不清楚雨果是怎样用他巨大的毅力、耐心、见识、才华、渊博与勇气以及不容置疑的口吻，叙述他笔下的人物和故事，建筑了那么繁杂而堂皇的文学景象。当然，构成这一切的，首先是离不开作家在作品里的叙述语言。叙述语言成为这部伟大作品的一部分，而且是重要的部分。它交叉使用了全知视角和限知视角,同时加以作者(在这里,雨果毫不谦让和毫不避讳地使叙述者与作者等同起来,叙述者就是作者)的介入式叙述风格,它所做的一切都是那么浑然天成,似乎离开这种写法,完全不存在第二种写法,哪怕存在也会无疑告败。也就是说,好作品只有一种最佳写法。

而且,你得知道,在我喜欢文学的那个年纪以及那个时代,小说的叙述和写法,各种实验,层出不穷。雨果的那种叙述方式,极容易意味着过时。因为,同样在法国,早在《悲惨世界》出现的六年前,福楼拜已经写出了在叙述语言方面空前绝后的《包法利夫人》。它的客观叙述方式,将作者或叙述者隐藏起来的策略(这也正如在将近一百年后,同样是法国,罗兰·巴特等人宣讲的"零度叙述"),引无数小说家竞折腰。但是,就是在这种基础上,雨果仍然使用类似极其传统和"呆板"的叙述方式,并且赢得了巨大成功,那么,我只能对自己的阅读理念报以宽容一笑,即,雨果在《悲惨世界》所使用的叙述方式或风格,太过于强大了,以至于哪怕是强大的"执谬",也可以杯葛一切微小的正确。

不过,××兄,我上面这段话的意思,也并不是代表我多么热情赞美传统主义或传统主义叙述。不是的。任何好的作品,其实是不分主义和流派的,只要你做到了极致。如果做不到,那么在传统和现代之间,我宁愿选取现代。因为小说首先是照应现代读者,理应携带现代主义气息以及叙述策略。更何况,毕加索说过,艺术创造就是破坏。从物理时间的线性发展和不可超脱的时间叠加论来讲,如果一味继承传统,我们将不堪重负,并且世界和艺术将变得了无生趣。

雨果做到了。他将欧洲传统文学叙述做到了极致。同时，他远不限此，这正是我要重申的，雨果在《悲惨世界》的写作中，包括《巴黎圣母院》，他以他的叙述方式和手法，开创了欧洲现实主义传统与浪漫主义的结合，他在自己的文学实践中，仍旧重点关注了叙述语言所带来的全新感受。因为他说过："面对前人无数的文学高峰，我们难以超越他们，但是我们可以做到跟他们并驾齐驱。怎么才能做到呢？那就是跟他们不一样。"

好了，××兄，你开始提到的印象深刻，或者震撼，我只能回答人生幼齿或发蒙开始时第一次读《悲惨世界》的感受。此后，难以用"震撼"来形容，下面简单回答我对"震撼"的理解。

在当下时代，就小说而言，无论是阅读还是创作，以追求"震撼"来定义指标，从某种角度来说，可能是一个误区。原因有如下两个方面：

一是，人类已经成年了，无论从我们经历过的还是虽未经历但是已经了解到的政治、哲学、文化、文明进程还是小说发展来说，人类乃至地球已经告别了"童年"或"青年"所代表的"愚昧"时代（当然，若你说"愚昧"会重来，那是另一回事）。同时，这里面还牵涉到另一个话题，即，文学或小说，不承担鲜明的社会功能问题，也不解决人生黑白分明或非此即彼的重大矛盾问题。这些可能属于纪录片、口述史、政治学或社会学解决的问题。小说只是帮助提出问题，培育一种独特的思维理念以及创新精神，从而达到跟这个世界永远的对话。小说，就好比发动机不能直接带动汽车奔跑一样,它是通过活塞、压缩空气、传动杆等一系列辅助设备复杂的做功,才能带动事物的奔跑,小说只是一种想象和思维的肇始。

二是,在当下语境,小说是否"震撼",往往指涉到"故事"或"情节"是否压倒或迫近读者心灵,而在我看来,这早已不是小说尤其是短篇小说的要义。一切故事早已重复了,千百年来,该讲的所有类型故事都已讲完。好小说的品类特征,在今天,理应是努力做到提供给读者不同的阅读和审美体验。还有,在我看来,这跟你的第二个问题"写作技巧"有关。而写作技巧,实在是没什么可谈,因为它太复杂了,所有关于小说的主题、结构(时间结构、空间结构)、风格、手法、修辞、人物安排、情节发展,等等,自有人类和小说以来,相关的理论书籍汗牛充栋,读也读不过来,而且在我写下这篇文字的时候,在世界的某个角落,可能还有相关著作正在出版(今后也会这样)。因此,原谅我绕过这个话题不谈,或者,以后有机会,我只能就其中某一个方面或角度来谈吧。在此我仅重申一句,还是那句话,所有的写作技巧,其实没技巧,硬要说技巧的话,最重要的部分,几乎都跟你的叙述方式有关。因为叙述方式在今天,早已不仅是一种语言的工具、声音的内部形式、讲述故事的单体媒介,它更是一种思维和哲学的方法论,它决定了你的小说文本呈现着什么样貌,即,是否具有"不同的阅读体验"。

为了再次表达我的诚实以及尊重,虽然推荐书籍不是我所愿,亦不是我所能,我还是在本文结尾简单为你提几本吧。因为这里面还涉及阅读的"源"与"流"的问题。不读源,只读流,或者不读流，只读源，都是不可取的。没有对比就没有感受，所谓"差异决定认识"。好书是上穷碧落下黄泉，非一时之功可掌。好在来日方长，慢慢来吧。

　　梅里美的小说要读。茨威格的小说要读。高尔斯华绥的小说要读。二战以后，欧洲那批重要小说家的作品要读，因为迄今为止，人类最多样的哲学景况和生存概念都在那里有所反映。博尔赫斯的小说也要读，他代表智性叙述小说的一种态度和飞跃。文学技巧理论方面，可以读罗伯-格里耶的、略萨的、福斯特的，路易·阿拉贡的部分理论也可以了解一下，当然把他与布勒东的理论对照着读更好。还有卡彭铁尔、马尔克斯。

　　先这样吧。祝你好运。

二〇二一年十二月十二日，花园艺邸

书房私语(之一)

1. 宏观上讲,小说是叙事的艺术。但是从小说的内在意义上讲,叙事和叙述是不同的两个概念。叙事更多是指涉作品的内容,亦即所叙之事;而叙述更多是指涉作品的形式,亦即作者讲述故事的方法、采用什么手段。在文学实践中,平庸作家和优秀作家的区别有时候恰恰在于前者重叙事,后者重叙述。叙事代表事件和题材的公共资源,这往往是共知的,而叙述代表不同的创造和品质,是个人经验和技术理解的漫延物化的结果。优秀的作家在今天,甚至往往以叙述来对抗叙事,并形成有效的纠结。

2. 我见过了太多雷同的小说,正如我看到了太多重复的生活。人们需要小说,是因为人们想看到与生活中不一样的东西。所以,小说家不要跟特定生活的记录者们——新闻记者抢饭碗。

3. 一般来讲,小说重虚构,散文重写实;小说重机智,散文重性情。成熟的小说家应当偶尔写点散文,这样做的好处之一是:防止自己在小说创作中有可能因日积月累而导致的技术主义和虚构惯性下，慢慢失去生命的坦诚和真情。

4. 然而，也许，事实是不会的。艺术家仍旧是这个时代最为敏感和敏锐的人。"真理往往掌握在少数人手里"，然而，艺术家属于少数的不掌握真理的人。他们以此来反抗一切既定和成熟的东西，这便是艺术。

5. 从理论上说，你写得越多，你重复别人或重复自己的可能就越大。一个小说家如果令读过他许多作品的读者只记住了作家的名字而不记得作品，那不是因为读者的记忆有欠缺，是因为作家的作品太过重复和平庸。世界上只有这两件事让人麻木：重复和平庸。

6. 记住，在坚定的公众写作中坚持把写作"缩小"为个人，如此，写作才不是为了个人。

7. 一个真正的作家，他的生活因为不断内倾于写作，以至于写作之外没有了生活。

8. 好作家像是一个手持烟花在燃放的人，呈现繁华是因为他身处黑暗和孤独。

9. 文学解决人生问题的唯一方式就是它一直制造问题。

10. 大家太热衷于创作的风格问题，通常把创作分为平淡质朴和精心雕琢两种。事实是，这都不重要，重要的是你的作品内蕴究竟是活的还是死的。

11. 获得某类文学奖，意义上等同于捡拾钱包。与生活伦理相同的是，你事先不要参与预谋和偷盗；不同的是，你得到后不必交给某人。如果说到个人能力，就是你日常肯做出弯腰的劳动。

12. 文学评奖，在我看来至少要有一半的作家担任评委才算公平。我们知道，理论往往是一种假设的东西，而创作往往是一种实践的东西。完全由假设来框定实践，它的意义让人怀疑。我尊重评论家，也和许多评论家是朋友，但是从实践的角度来说，我记住了尼采说过的一句话："没有成为一个评论家，这是艺术家的荣幸。"

13. 继承传统才是尊重传统？事实证明不是那么回事。古典作家创造了许多写作技巧和理念，被后人大量继承和模仿。除了少数专家，由于我们绝大多数现代人身处当下，更多的是接触和阅读当下，反而遗忘了那些古典作家的奉献。比如著名的哲学和诗学话语——"人，诗意地栖居"，我们耳熟能详，这是海德格尔说的，事实是，这不过是海德格尔引述荷尔德林说的；现在连小学生作文都会使用的"插叙"手法，有多少人知道这其实是艾米莉·勃朗特发明的？继承传统往往是湮没了传统，是对传统的大不敬。

14. 所以，最好的继承往往是创新。

15. 温家宝说："倡导创新，就必须首先解放思想。"这是个简单的命题，经过总理说出，就更成为普遍的道理。然而，然而啊！好多人还是搞不懂——他们往往是文学的领导者。

16. 邓小平说："我们要警惕右，但主要是防止'左'。"但我亲眼看到某家文艺大报有名家引用此句，变成了"我们要警惕'左'，但更要防止右"。我相信他是故意篡改的，这很可怕。我的意思当然不是说篡改政治家语录可怕。

17. 也是应约给某家文艺大报写稿，我文章中引用了"百花齐放,百家争鸣"字句,但发表时被删去了"百家争鸣",唯留"百花齐放"。咦?我连引用党的文艺指导方针都不被批准啊?

18. "体验生活,体验生活,体验生活!"而我知道,有史以来,生活就分为现实生活和内心生活。哪个是真的生活?

19. 刘绍棠说:"深入生活方式因人而异,对于一个作家来说,是否深入,是要从他的作品来检验的。"如果我的理解没错,那也就是说,只要写出比较厉害的小说,那他就是有生活的。

20. 把社会人群分为体力劳动者和脑力劳动者,在我看来是伟大进步。有那么一群人单纯以脑力思考为快乐并赖此安身立命。这说明了一切。

21. 我不懂地理。但是给我指南针,我会凭此找到哪里是北。给我一盆水,我知道天上有真实的月亮。我虚构,所以我相信存在另一种真实的生活。

22. 既然我们并没有拒绝身边无所不在的现代西方科技文明和产品于千里之外,我们也深谙并一再证明了人种学上的不同种族、不同地域人群通婚符合和促进优生优育法则——那么,同样是这些人,为什么在文化和文学上固步自封、死守一方?

23. 整个人类生活既然是由不容置疑的三大方面组成:自然、社会、人,那么,这三者就不应该仅仅是并列关系,也应该是平等关系。也就是说,在文学中,你可以写自然,可以写社会,当然也不排斥写人——"自己"。

24. 简单的道理:没有身体就没有生命。然而文学的现实是,热爱生命畅行无阻,热爱身体死路一条。

25. 与其寻找意义,不如创造意义。

26. 体育的意义不在于比赛结果的输赢，而在于以夸大的姿态和动作将意义推到极致。游戏的乐趣不在于是否熟练，而在于冒险和环节繁复。追求有难度的写作，是写作存在下去的理由。

27. 越是写地域的，就越是世界的。这不是完整的真理。无数文学发展史证明其另一半真理是：越不是写地域的，就越是世界的。

28. 时下流行的是，地方领导和管理者往往倡导作家们要多写地域，但是要弄清的是，作为一个南方作家，如果他去写北方的生活和风物——这也是写地域，鼓励者往往不会高兴。所以要警惕的是，倡导者是否从文学本质规律中说话。也就是说，作为作家，你是否一不小心有加入到旅游鼓噪者的行列中的可能呢？

29. 文学中，语言是为了表达思想，然而，真正的语言大于思想。

30. 不要在意小说怎样开头和结尾，要永远在意你内心和情节的欲望是什么。

选自二〇一二年第九期《文学界》杂志

书房私语（之二）

1. 真正的好小说，或者说有经验的作家，无论面对选材还是立意，都是要在普遍性上追求独特性，在习以为常的生活（包括观念）的共性里面发现个性，而不是在选材和立意的先验的独特性中追求个性或普遍性。极限般和无比清晰的选材及情节指向会使得一篇小说无论在叙述、内容还是主题上面，都缺乏张力和可供揣摩的意义。好小说往往貌似一个普通人，我们在阅读和接触他的过程中，会慢慢发现和意会他的卓越、知性、周延和特殊之处，而不是一个人让你初见就是怪异打扮、另类得很，但是慢慢认识下去却让人发现他其实囊中干瘪、了无生趣。

2. 什么是文学的时代性？与时代保持一定的清醒的美学和社会学的距离，这就是文学的时代性。反之，就是新闻媒体的时代性。

3. 好多人将文学的时代性、当代性与现代性混为一谈。世俗意义和常识意义的文学时代性、当代性与现实生活的关系，好比一场热闹的戏台班子当中的紧锣配密鼓，你方击罢（现实生活）我落槌（时代性、当代性）；而文学的现代性，代表一种超迈的哲学品格和永不同步的超前思维，它是利器在空中划出的哨音。质言之，时代性、当代性容易过时，而现代性既能量守恒，又勇往直前。

4. 我越来越相信，起码在一定范围内，好的文学在品相和风格上，往往是温厚蕴藉的，是中正平和的，是秾丽生益的，是灵动好玩的；剑拔弩张或无比端正的，往往是公告或檄文。你在文明国家与落后国家、开放社会与专制社会的公民日常行走的步态和表情上面的对比可以找到相似印证，即，哪一个才是代表了真正的和正常的生活。

5. 弗兰克·富里迪著书发问："知识分子都到哪里去了？"我们不妨环顾四周，哦，知识分子哪里都去了，只是没去过自己的内心。

6. 五四时期，社会上对某一人群的通行称谓是"智识分子"。五四以降，"知识分子"的称谓取而代之，大行其道。失去了精英判断和独立立场，沦落为对知识的普通掌握和中庸站位，只有了解了这个称呼变异的悲哀，才会明白学术、教育乃至社会的真正发展方向。"知"不足取，"智"不能去。

7. 影响人类社会发展和进步的许多弊端源于人性的一大本能缺点：推卸责任。现代化社会的劳动分工原则加剧了这一问题的流行，劳动的最终成果被劳动中的每个人和每个链条给分摊掉了，这中间自然也包括他们的道德和责任。而现代社会中，艺术创造事业是为数不多的纯个体性劳动方式之一，它们一以贯之，杜绝分工，所以，我觉得作家、艺术家仍是这个时代少有的对人类对事物更有专注能力和责任敏感的人群之一。

8. 自然科学，一定会有进化；艺术科学，一定要有变化。艺术的变化不等于进化，艺术领域里也不该有进化之说。唐诗一定比汉赋进化了，还是元曲比宋词进化？墨西哥古岩画就一定比现代毕加索画作更逊色？艺术风格与形式的变化，是艺术最大的真理。当然，思想的进化暂不在此列。

9. 留住时间或不为时间流逝而痛惜的最好办法就是写作。因此我发现了，越是真正爱文学的人，越往往都是"怕死鬼"。

10. 我不怕鬼，但是我很害怕那些无论在政治上还是人性上不怕死的人。

11. 好小说像是好中药，起码要有好的"两味"方剂：一味是气味，即文气，代表匠心和才华；另一味是"趣味"，即旨趣，代表作家的审美和思想癖好。文学中，也只有这两个因素是极难复制和模仿的。它们不是面孔和腔调，是生命的基因和指纹。

12. 所以，当一位我所尊敬的资深编辑对我说："我收到来稿几乎不用去读，只要用鼻子一闻，就知道这是不是篇好小说。"这个时候，我完全服膺他说的话是真的。

13. 从大量的作者来稿中，我们经常看到错别字连篇，甚至主人公的名字都前后不一致，那么，我们可以推断出该作者写完作品之后根本没有通读一遍或是校对。这多么可怕！它导致的结果不仅仅是让编者知道你这部作品没有经过打磨，同时还让编者有理由相信你的构思能力也是潦草和混乱的。

14. 好的小说，就像是我们喜欢的深重的秋天，它的叙述语言总无非是这样的：像湖水一样明净，像树干一样简洁，像落日黄昏一样富有表现力，像秋风一样带来意外而莫名所以的思绪。

15. 现在几乎鲜有人谈论小说的叙述节奏问题了。怎样把节奏问题处理好？方法应该很多。但是，节奏这门技术一定是在小说相对的字数和体量内奏效。换句话说，短篇小说、中篇小说、几十万字的长篇小说，我们可以谈如何处理好节奏问题；动辄百万乃至几百万言的长篇小说，就不要侈谈什么节奏了，也许只有曹雪芹、雨果、普鲁斯特等少数几个文学大师可以做到。一首肖邦、莫扎特的钢琴曲，不过十分钟、半小时甚至一小时内，我们可以充分和惬意地感受到它的节奏，时而婉转，时而铿锵，时而低沉，时而激越，时而短促，时而绵长……如果谁演奏了一部长达八小时的钢琴曲，并且要我们弄清它的节奏，我觉得要么这个人是疯了，要么这个作品不过是乱弹琴或堆砌的呓语而已。

16. 一部小说不要总是讲述情节。没有那么多情节，即便有，读者也会被太多的情节和故事绷得很累。香港的许多电影，在故事进行时或者没有故事时，会是一段街景的展示、一场汽车惊险的追逐、一串笑料、一幅壮观的风景或是明星的特写与身影，这些都是节奏。如此，我们似乎可以这样定义小说的节奏：是为了让读者重整旗鼓和吸引阅读下面更重要的情节所提供的阶段性休息以及欲擒故纵的惬意性松弛。只不过注意，休息不是休克，松弛不是废弛，作者们应该用更大的努力和匠心在经营故事不在时的感觉，而这种感觉是另一种时空或层面的交接。所以，作为亚洲电影中心的香港，他们的电影导演们是真正懂得作品的叙述节奏的。

17. 所以，玛格丽特·杜拉斯说过："写作是叙述故事的反面，是叙述一个故事同时又叙述这个故事的那种空失无有，是叙述一个由于故事不在而展开的故事。"——虽然，这可能不仅仅是节奏的问题了，杜拉斯走入了文体、思维、艺术哲学和生命理解的更深部。这就不难理解，为什么我们经常读到一篇好的小说，几乎没什么情节，但通过读的过程就知道：它就是一篇好小说。

18. 我们不愿开正经会议，正经无过，主要是滥调太多；我们不愿读垃圾小说，小说无错，主要是陈词未抹。

19. 中国号称是一个尊老爱幼的国家，但实际工作中，往往是"尊老"甚于"爱幼"。鲁迅早就批评过这种现象，这样的国家很难存在新生和进步。但是鲁迅没有发现当前，如果单纯是道义、情感和伦理上的"尊老"，也就罢了，悲催的是当下的"尊老"，往往是走在路上的人尊敬无路可走的人，盛年慑于枯朽，聪颖惧于昏聩。何也？只因老者余威犹在。百足之虫，盘根错节，别给我的前途乱动了手脚。

20. 每个人都有老的时候。作家们都有写不动的那一天。但是，想让后辈们一直敬仰你，有一个秘诀，那就是：在激情减退、作品式微了的时候，将自己的人格做得更强大，勠力燃薪，扶植后进，而不是与年轻人争风吃醋甚至是打压新人。

选自二○一三年第五期《艺术广角》杂志

书房私语(之三)

1. 越来越感觉写创作谈是一件冒险的事,并且弊大于利。它的弊处我不能言说。所以有时候我只好也写一点。

2. 我有时候画画,不为别的,似乎只为证明我对文学没有功利心。

3. 如果存在某种创作上的迷惘,我相信这不是来自创作本身,而是来自外部,来自你对外部世界产生了一种前所未有和突如其来的新的看法。

4. 郁达夫在给其学习写诗的嫂子致信时说:"与其失之粗俗,宁失之纤巧……弟意李杜诗竟不可读,入手应诵李义山温八叉诸人诗。"文学由感觉入手,经感觉延宕,以感觉完成。私下觉得这是真理。所以,苏珊·桑塔格说:"为取代艺术阐释学,我们需要一门艺术色情学。"打开你的所有感觉器官,这是保持你对雾霾、噪声、寒冷等一切外部世界非常态的抵制力量之前提,也是你热爱一切值得热爱的事物的前提。

5. 为文之途，随时间推移，可怕的是使读者看得厌倦，但更可怕的是将自己写得厌倦。读者是分阶层或层次的，丧失一部分读者，必定还有另一部分读者。所以，唯一重要的是解决后一个问题——不要让自己对写作感到厌倦。应该让自己对写作永远保持新鲜感——不断保持形式的挑战和风格的变化。

6. 不论从字面来看还是从实物观察，我很喜欢"盾"这个字。我很喜欢有的国家将钱叫作"盾"。对艺术家来说，钱像盾一样，不是用它去进攻什么，而是在固守特定尊严的时候，可以用它来抵挡一些东西。

7. 作家不可以太市侩太油滑，这会使他的作品难以抵达一种荒芜和陡峭的精神气质；但作家也不可以过于不通世事和人情，一个在生活中待人接物不周延、失之性情、不谙事理的人，不太可能成为一个好的作家。从这个角度来说，曹雪芹在《红楼梦》里写的半副对联——"人情练达即文章"，是有一定道理的。

8. 不要以为在冬天里，没有火种就点不了香烟。你去取一块冰就可以。然后，将冰块磨成凸透镜再放到阳光下聚焦烟头。我说这话的意思简直再寻常不过：在文学创作中，没有太不正常的素材，只有太正常的思维。

9. 我有时候会想，俄罗斯为什么拥有那么伟大的文学传统，因为俄罗斯冬天漫长。冬天让人在黑屋子里只能学会读书、写作跟朗读。如果冷极了，朗读会变成呐喊，而呐喊会增加温暖和力量。所以，冬天漫长也许是件好事。

10. 一些事情是这样的。梦的意义，不在于存在美梦，那样，人醒来不免格外感到幻灭和惆怅；梦的意义在于会有噩梦，如此，人醒来会格外珍惜身边哪怕极其平凡的现实感受，同时易于满足。文学的意义也不在于一味歌颂光明，毕竟现实会有夜晚来临；文学有时候应该体现一些沉重甚至灰暗，这样人们放下书本回到生活中，往往会觉得眼前亮了。我不知道有人听懂我想说的意思没有。

11. 我在寻欢作乐的时候或之余，难免总会溜号、失落或想些别的，但只有面对写作的时候，我是一心感到专注和快乐的。世俗生活与精神生活的差别大抵如此。

选自二〇一六年五月九日《文艺报》，有删节

书房私语（之四）

1. 诚然，如果首先还承认这三点：一、每个时代都不可缺少文学；二、文学创作是个体的情感劳动，无法计算社会必要劳动时间，同时作家对待它们不可以标准化和批量化复制生产；三、作家生产出来的这些产品不是生活必需品。——那么，将文学完全商品化和市场化，就违反了市场的基本法则——等价交换。

2. 问文学有什么用？就比如问空气中包含了百分之七十八的氮气有什么用是一样的。空气中只有百分之二十一的成分是氧气，氮气对人体而言没什么用，但是如果将占了将近五分之四的无用的氮气抽空，剩下的氧气就只会发生氧气中毒的灾难事件。

3. 海德格尔说："今天，任何一门科学，物理的也好，人文的也好，要想获得它作为一门科学应该得到的尊重，就只有当它业已成为可以制度化、机构化、事业化的时候才是可能的。"对于文学组织和文学机构而言，不是使它们消泯了才是对的，而是如何使它们以更科学更合理的面目出现。

4. 一切文化都分为精英文化和大众文化，文学是精英文化中的精英。正如我们来到一座山上，尽管它树木丰富，郁郁葱葱，遍布柞树、杨树、梨树与苹果树，但如果其中没有白桦树，那么我们很难将其定义为一座有高贵品格的山。因为白桦树是被历史和文化赋予高洁的符号化了的树种，它代表一种高贵的精神。对一个国家、地区和城市来讲，如果仅经济发达但没有文学、没有文学刊物、没有一批好的作家，它便不能脱离落后的属性和责议，因为几百年、几千年的人类文明史证实了：文学是被历史和文化赋予高贵的符号化和精神化的品格象征。当代便捷的网上阅读、手机阅读并不能完全取代传统纸质文学阅读，甚至它们越发达，传统文学刊物存在的价值就越大。科学的快捷的诸如电脑3D美术、喷涂美术和仿制技术导致大量美术复制品衍生和泛滥，只能越加凸显艺术家手工创作的美术作品的价值变得珍罕昂贵而不是由此减弱。文学艺术是这个时代几乎唯一具有由个体生命独立创造特征最显、单位时间付出最大、拒绝集体合作最强的门类，文学艺术的情感价值与其展现形式存在的合理性与合法性正在于此。

5. 文学最悲哀的就是走进一个小圈子里。当代有很多作家就是这样了：终其一生，无有一役，只是在互相吹捧与欣赏。做了大半生艺术无丝微进步，反倒人格倒退。我们要做的是，要么向远方看，进蔚然森秀之林，要么干脆独处，苦心孤诣于内心。整体迷恋地进入一个所谓不大不小的地方圈子，废了。

6. 除了恶、自私、偏狭、蛮横、愚昧等以外，我不知道什么会成为禁忌。活泼的事物，与地球上的不同河流一样，都是有各自流通的理由和自由的。

7. 美是通行的，快乐是通行的，你专注和推行一种趣味，你就无权和无法享受其他的更多的趣味。

8. 没有什么"青春热血"之说，这样太廉价。拥有青春的最好方式就是保持热血。

9. 每天，当头发掉了的时候，我们会轻轻叹息。后来，当牙齿掉了的时候，我们知道它不会重生。一个人的指头掉了、腿断了、脏器坏了，均永久失去。这些都是受之父母的，而父母是我们的上帝。上帝爱人。我们爱上帝。我们为爱上帝而爱自己的身体。因此，起码在和平时期，任何来自外力的强力侵犯哪怕只是使皮肤受损，在我看来也是不可饶恕的罪行。所以，阿甘本认为，身体是人权的基础，只有在考虑到身体有限度的基础上，生命及各种各样的意义才爆发出来，民主也恰恰是作为对身体的维护和呈现而诞生的。在文学作品中，谁表现了基于对身体和人道的关注，谁就具有了最直接的民主性和现代性。

10. 说"诗在远方"的，不外有两种迥然不同的方向：一种是怀着真诚心，追求远方尚未抵达但相信一定会到来的史诗般真理；一种是麻木与眇视于眼前不公的现实，去弹拨自娱自乐的虚假琴瑟。"我向来是不惮以最坏的恶意来推测中国人的"，我以为后者居多。盖因阿多诺说："奥斯威辛之后，写诗是野蛮的。"

11. 经常有朋友被退稿后问："你教我怎么改，我的文章不可以改一改发表吗？"答曰：有的文章可改，是指结构系统，包括情节与细节、部分人物逻辑和关系的调整，它们属于技术和器物层面（当然，前提包括你已经占有的材料是否有价值）；有的文章无法改，是指架构系统，它不仅涵盖了结构，更涵盖作品的主旨和气韵、精神指向、内在情怀……如果它们不行，这文章就是无法改的——这就是文章"结构"与"架构"的区别。后者要包罗万象得多。扒掉一座老房子重新来盖，永远比盖一座新房子费力得多。

12. 英国最著名的英格兰银行招聘雇员，首要工作是训练他们如何鉴定假币。那么如何鉴定假币呢？他们的方法是不让雇员接触到假币，每天拿出无数的真币让他们数，在真币上练习点钞手感和直觉。他们的理论是：假币种类无穷，不要在区分假币上浪费时间。真币见得多了，自然会识别假币。所以，读书，读好书；交人，交高人。不要在低劣的事物上浪费时间。

13. 保守的现实主义创作者往往会对现代派小说以这样一句话作为轻蔑的理由："画鬼容易画人难。"然而，现实生活中我们赞扬一个人有智慧，经常用的一句话是"鬼机灵"，在人的身上沾染一点"鬼气"，这没什么不好。

14. 一位小说家如果想甩掉一些蹩脚的读者，他就必须锻炼一些格言的风格。格言不容争论，更不是保姆式的引导和照料。这样的好处是节省时间，凭着暗号般的心智迅速与知音共同向前。

15. 有时候你在试图引导对方和与对方交流的过程中，会蓦然发现你试图说服对方或你所秉持的许多事物的观点，恰恰是因为你的忽略和习焉不察反而在以后需要你自己来反省和强化的。人需要说话的目的原来不仅是告诉你"我明天出门"和"我还没吃饭",而是更多时候,语言在语言中产生,意识也在语言中产生。写作也是为了自己有一种意外的、下意识的觉醒与成长。

16. 写小说,最怕写到某处言不由衷。写闲笔和言不由衷是两回事。写闲笔是为了重新聚气;而言不由衷,哪怕写了几段,气儿就散了。

选自二〇一八年第二期《南方文学》杂志

第五辑

访谈

今天的作家肩负更艰巨的启蒙
——接受傅小平访谈

记　者：近日，读了你的新书《L形转弯》，感觉你的创作确如有关评论家所说的"手法多样，题材开阔，不拘一格"。你求新求变的创作意识和多元开放的创作理念固然值得肯定，但过多的变化给人一种没有确定的创作风格的感觉。我想在这种多样创作形式的后面也许隐藏着你的一种比较恒定的价值判断，可否对此做一解析？

于晓威：生命本身就是一个不断变化的过程，生活也到处充满未知领域和变数，因此一个作家在创作上一成不变对我来说是非常可怕的。同时我相信每一篇小说从构思到完成都有且只有一个属于它自己的最佳表达形式，这从理论上支持了它们在语言与风格的格局中无法相互重复。至于，如果说在我多变的创作形式后面存在一种比较恒定的东西，那我想就是在文学内部对世界的诗意理解、对人性的隐秘窥察与对生命真实的人文抚摸（这种追求）是不会变的吧。我担心的永远不是变化多了，而是每一篇写得不够好。

记　者：在东北成长起来的作家，他们的创作给人普遍的印象是有比较强烈的地域文化色彩，这一点在你的作品当中没有明显的反映，尽管在一篇散文中，你谈到了故乡的世态人情对你走上创作道路的影响。对你自己作品的这种特性，你怎么看？

于晓威：东北文学的确有很强的地域文化传统，但是一个作家的认知世界不一定与他的出生地发生必然联系。故乡影响了我的心态，但不会左右我的创作方式与风格。尤其是，对一个当代作家而言，当关注更广泛的人的心灵世界与关注受局限的地域文化传统两者共同摆在你面前，要你做出必然和唯一的选择时，你肯定会去选择前者。

记　者：相比你小说中处理当下题材的部分，你带有历史回溯意味的那几篇给我留下更深的印象，很多时候你喜欢从一个个具体物象切入展开你的想象和思考。比如《圆形精灵》中的那枚铜币，再比如《游戏的季节》，整篇小说就是由"吹火车票""拍香烟盒"这样一些小时候的游戏"串联"起来的，我想这里可能涉及一个民族、文化或是生命记忆的问题。

于晓威：生命记忆，你说得有道理。我小时候一个人在亲戚老宅的院子里玩儿，无意中被一根钉在木栅栏上的钉子划破了手指，它的斑斑锈迹提醒我它跟逝去了的几十年时间有关，我相信它是我家族中的某个父辈或祖辈的成员留下的，一根钉子的生命原来会大于人的生命。一切的人类生长史最终都会变成一堆文化物品史，说好听点儿是文物史吧？这是我对生命最初的不乐观理解。

记　者：有评论家称你在创作中采取了一种智性姿态的写作策略，你的不少小说带有比较强的观念意味，大概跟你这种写作策略有关。一般而言，过多的观念渗透对小说来说是一种忌讳，你大概有不同的理解，请谈谈你的看法。

于晓威：让人奇怪的是，我年轻的时候，比如说二十几岁那时候吧，非常喜欢观念的东西，年龄稍大反倒不喜欢了。这种现象似乎不符合正常的生命发展规则。我不知道这是跟自己当初浸淫的时代教育氛围有关，还是跟当初懵懂的文学创作实践有关，挣脱观念的东西很不容易，但是值得。尼采说"艺术比真理更有价值"，无疑是道破了艺术比观念更具有原生性、创造性和革命性。

记　者：作家怎么理解生活，在写作史上是一个老生常谈的话题了，鉴于你独特的写作姿态，我觉得还是有必要请你从写作角度谈谈对生活，特别是生活与写作之间内在关系的理解。

于晓威：一般来说，生活经验是共知的、重复的，而每个人的想象是异知的、独特的。在我看来，现实世界是很狭窄的，我不是因为现实生活塞满我的心灵，然后我要通过小说去反映它，我是心灵感到现实世界的单调和拘束，要冲破它，奔向另一个不同的和自由的世界，这就是小说的世界。文学与现实的关系，有时候文学不必须说出现实的真实，不必须说出与现实一样的东西，毕竟文学又不是犯人的招供。有一千个作家，就有一千个现实，文学只能是表达每个作家对生活的不同理解。

记　者：在我看来，疾病和偶然在某种意义上构成了你作品的两个核心因素。你笔下的人物和他们的生活状态看起来都比较普通,细加探究却不难发现这些人物都有着某种显在的身体缺陷或是隐蔽的心理疾患。而你致力于探求这样一些人在某种偶然生活情境支配下的命运遭际,这样一种创作思路体现了你怎样的诉求?

于晓威:每个人都是病人。每个人被生活推动的力量更多是来自偶然而不是必然。这两个极端的东西结合在一起,痛苦和荒诞才会显影出立体的真实。

记　者:在《抗联壮士考》《隐秘的角度》等不少作品中可以看到你力求还原和揭示生存本相的努力,但就我的阅读感受而言,显现在你笔下的更像是一个象征和隐喻的世界,这似乎是一种矛盾,你自己怎么看?

于晓威:文本不仅反映现实,文本也创造现实。生存本相充满了象征和隐喻,而艺术中的象征和隐喻也同时等同另一种生活。这似乎不矛盾啊?

记　者:在一篇创作谈中,你特别强调一个"边缘"作家游走于"人生边界"的思考和探求。可以看出,你对小说家的责任这个话题有自己独特的思考,可否谈谈。

于晓威:"边缘"和"人生边界"应该是任何一个严肃的作家所理应操持的哲学场券,它代表厚重的自由和独特的充实。有些人在我们看来他很渺小,站位边缘,岂不知那往往是他的身影走在我们同时代人的视野中很远了的缘故。作家永远要引导读者,而不是迎合,不论他采用什么方式。小说家在今天理应肩负着比欧洲几百年前更艰巨的启蒙任务,道理可能不言自明;反之，文学也很难自我救赎，这使我一直不敢稍忘作为现实主义伟大作家的托尔斯泰当年说过的一句话："文学衰落有两个原因，其中一个是读轻松的作品成了习惯。"

选自二〇〇六年十一月三十日《文学报》

创新·阻却·诗意·自由
——接受林喦访谈

林　喦：在当代辽宁作家中，你属于佼佼者，在国内各种小说评比的奖项中，多有殊荣，这说明你的很多作品很具影响力，深受大家认同。今天我们就文学创作的一些问题做一下交流，我相信，我们会谈得很愉快。《渤海大学学报》自开辟《当代辽宁作家研究》栏目以来，很受省内作家的关注，我们的对话也可以从当代辽宁文学创作的现状谈起，你觉得目前辽宁文学创作的整体情况如何？

于晓威：很高兴和你对话。贵校近年来开拓进取意识不断，综合实力在省内外高校中显著提升，尤其是学术研究和相关活动指数居高不下，让外界刮目相看，这也包括《渤海大学学报》融入其中和展露了可贵的努力。至于目前辽宁文学创作的整体情况，我觉得势头和发展一直不错，值得我们骄傲和珍惜。借用刘勰《文心雕龙》里的一句话，可以说是"墙宇重峻，而吐纳自深"。因为辽宁现当代以来的文学资源太雄厚了,辽宁广阔的地域也包容了每个作家的闪转腾挪。目前东北三省甚至整个北中国,辽宁文学队伍的铁骑和蹄声一直出现在前沿。这些都和辽宁作家的矻矻努力、辽宁文学生态环境的良好保持以及文学组织部门的有效服务分不开的。当然,我和你说的都是目前,转过身的明天,我们不是一点后顾之忧都没有。二十世纪八十年代,我们有以金河、刘兆林、邓刚、马原、达理、马秋芬、谢友鄞等一大批为代表的享誉全国的作家,九十年代,有以孙惠芬、洪峰、刁斗、孙春平、原野、皮皮、白小易、白天光等一大批为代表的在全国具有广泛影响力的作家,进入二十一世纪以来,我们有以津子围、陈昌平、女真、李铁、巴音博罗、周建新等一大批为代表的活跃在全国一线的作家。但是下一个十年,更年轻的、更具有成熟创作风格的作家们会不会形成群体气势涌现?这不能不引起大家的思考。因为我所说的"更年轻的"作家,是指二三十岁的人。我们目前这一拨的作家,已经四十出头了,有的年届五十,甚至有的五十出头,大家固然仍在毫不松懈,齐心努力,并且未来还会创作很久,但是,更年轻的梯队呢?我们经常说一句话——"文学是年轻人的事业",这不是说文学只有年轻人才可以追求,而是说文学往往是在一个人年轻的时候,会对他未来是否从事这个职业发生深刻影响。所以,我觉得目前辽宁文学整体情况虽然很好,但是要有绸缪之思,枕戈待旦。我们辽宁省作家协会所属的辽宁文学院,近年来一直通过办班、培训、笔会、推介等各种努力,致力于发现和培养文学新人,但是力量还远远不够,需要大家来共同关心和扶持,希望今后有机会的话,与你们包括省内其他诸多高校合作，来共同培养大学生文学人才，因为他们是年轻的，代表未来的文学基础和方向。

林　　品：你的思考和建议很好，有机会我们一定共同努力。另外，我们同是二十世纪七十年代出生的，我觉得五十年代、六十年代的人热爱写作和七十年代出生的一些作家热爱写作的初衷是不一样的，前者是为了谋生的需要，而后者则更多的是一种自发的喜欢，我想对于这样的判断你一定有个人的看法。那么你是如何喜欢上文学写作的，能简单地说说吗？

于晓威：我个人也觉得二十世纪五十年代、六十年代的作家当初是出于谋生的需要，而七十年代更多是出于自发喜欢，当然我说的也未必准确，何况这里不能一概而论，肯定存在个案。但是即便是五十年代、六十年代的作家写作之初，严格说来，"谋生"一词用在他们身上似乎也不够准确，因为那时候的国家体制还是相对封闭和自足的一个体制，是计划经济时代，比如通过国家和单位招工啊、通过接班啊、通过高考啊，他们得到一份稳定的工作是基本上没问题的，所以不存在借文学"谋生"的问题。但是如果广义理解"谋生"一词和相应的语义流转，他们通过文学找到了比自己以前更好的工作，谋求了更好的生活，我觉得这个是很普遍的，但是前提也是他们对文学真的喜欢，没有喜欢，就不具有做宏大的事业的基点。看一看今天进入我们当代文学史上的很多五十年代出生的作家，他们一直担当各省各地文学和文化部门的主要领导和中坚力量，可他们有多少当初就是工人、农民、乡村教师、基层科员、部队普通战士，包括一些返城知青啊，包括已故著名作家周克芹、邹志安、贾大山、史铁生、包括现在的陈忠实、李存葆、包括我们省的工人邓刚、农民孙惠芬……在全国范围简直数不清。即便是六十年代出生的余华，当初就是个小镇牙医，因为羡慕文化馆工作的创作员，一发狠猛力写作最终如愿进入了文化馆。所以，那个时代的文学气候和社会环境，是可以给一个出色作家提供更好的谋求生活的现实和可能的。但是七十年代出生的作家呢，市场经济开始了，社会体制变了，单纯通过文学创作来找到一份工作并不容易，在今天，一个出色的农民作家，通过文学一下子能够进入事业单位简直是极难的事，更别提直接被录用为国家干部和公务人员。这是说用人体制变得严格，当然你反过来说这恰恰是体制变得僵化和退步也行。另一方面，社会开放，观念流变，五行八作，各有造化，成功不一定靠有稳定的工作来彰显，有钱也代表着成功，而赚钱的渠道和门类太多太多了，文学又恰恰是在普遍意义上不会让你赚到大钱的事业，又那么辛苦，谁会死死抱着文学来谋生啊？所以，看清了这个事实，反倒清爽利落了，那就是，七十年代出生的作家们在接触文学之初，虽然没有登堂入室，虽然知道将来登堂入室那也会是"同来玩月人何在，风景依稀似去年"的景象，但是远远地一闻到文学大宅门透出的文学气息，就产生了本能的热爱和自发的喜欢。我们现在经常说文学已然回到了它本质的属性，回到了属于文学自身的东西，渐渐远离了政治和社会等不该强加其上的一些信息和符码，那无论从社会大环境还是文学从业者自身心理来考量，它们促成这种变化的因素和力量还是很具有决定性的。

至于我当初是如何喜欢上文学的，简单说就是家庭熏陶和自身性格的原因吧。我父亲早年从事诗歌创作和理论研究，他给了儿时的我很大的影响。我自身的性格是非常贪玩的，在学校不爱学习，喜欢天马行空地胡思乱想，再加上每天只爱读闲书，读小说，经由高一时就发表小说这件事一鼓励，就立志从事文学事业了。那时候我确实没有想得太多，对于考不上大学怎么办啦、没有工作怎么办啦，没有想。我只是想，我太喜欢看书和写作了，没有这个，我每天都活不安稳。哪怕我未来做临时工，赚钱很少，但只要有一个小平房、小土炕，每天有稀粥和大馒头，只要能让我看书和写作，我也会挺快乐。我觉得要实现这种简单的居家理想该没有什么问题吧？我没有想过一定要把文学做到多大、小说写到什么地步，我只是比较清醒地和自己在较劲和调侃，就是我倒要看看，我一辈子搞文学能平庸和惨烈到什么地步，哪怕到老了才发现头撞南墙呢，那我也没什么吃亏的，因为我的心灵是真的快乐啊。我相信我们这个时代的许多文学写作者和爱好者，也都是这个心态。我觉得这是真实的也是正常的。

林　喦：很多评论家关注你智性姿态的写作，这不同于经验性写作，不仅仅写已经发生的事，也可以写可能发生的事甚至没有发生的事情，并赋之以哲学意义的提纯和世相浮尘的过滤，你的许多作品都具有这方面的代表意义。对于智性写作，你怎么看？同时，你觉得你在这些小说中是如何表达你个人创作的智性的？

于晓威：智性写作，这个术语的提出有一定道理，起码在过去以及未来一段时间内都会对我们曾经存在的文学创作惯性、流弊和氛围起到一个反作用。但是因为"智性写作"的内涵和外延又非常之大，没有哪位评论家能够完整、明确、科学地将它理丝有绪和一成不变地阐释出来——这一方面是因为不能，另一方面这么做反而是无意义的，或者说是缩小了它客观存在性和规范性的意义。此外，"智性写作"在文化上可以观照不同的文本，每个独具风格和面貌一新的个体性文本都会在它那里得到不同的阐释，综上，我在这里如果详尽地谈对智性写作的看法，将是一件费时费力费版面的事情。此前我的好多创作谈包括诸多评论家关于智性写作的批评成果已经多见于网媒及报端，感兴趣的读者可以按图索骥做一个了解。至于我在自己的小说中是如何发挥创作智性的，你已经说得非常对了，就是它在美学伦理和主题、技术理念上基本不同于经验写作，此外，我还可以断言说，智性写作跟知识分子写作有关，跟传统现实主义和当下底层文学部分地发生对立。它体现一个文学观的问题，即你是将文学作为一面镜子，忠实地反映和描摹现实中已经发生的事，还是将文学作为内心的一架想象的雷达，探测、捕捉、勾勒和拼接出你认为外界即将发生、没有发生的事？或者干脆，就是你自己内心发生的事？此外，对于智性写作，我愿意打一个比方来最后说说它，比如一个小孩子跟大人学习拼积木，他拼出了房子，拼出了狗、猫，拼出了火车，这些都很像，不错，没问题。可是有一天，他拼出的东西什么都不像，大人看不懂，只是它单纯在图案或是形态上，很有意思，耐人索解，或者他拼出的东西也像房子，也像火车，但是提供了一些视觉以外的气味、声响，哪怕噪声，还有，他给你拼出的什么都不像的东西，却让你突然产生了回忆，想起了初恋，想起了一次屈辱，想起了小时候冬天窗上的冰凌，或者他就是用积木给你拼出了几个字母和文字，它们不具有象形性，但它们本身就是意义——这就是我要表达的智性写作。

林　岚：你的小说《圆形精灵》疏密有致而又独特精当地叙述了一枚钱币在人世间的流通过程，可谓是探讨时间、偶然及命运的一个范本，"北京大学当代最新作品点评论坛"和许多评论家认为，该小说融合了现实、传奇、笔记、史料、报道、议论、戏仿等多种文本，通过颇具意味的情节线索，镶嵌融合在一起，举重若轻地探讨了时代、文化、人与哲学的命题，完全超出了一个短篇的思想容量，"为当代中国小说的写作提供了新的借鉴和参考"。而《北宫山纪旧》又深深地参悟了人生和情感的禅理。无论对人还是对物，这些作品都充满了更广阔文化背景下的感受和考察。这种大文化背景的思索来自何处？

于晓威：我想，首先，对于这种文化理解力本身还是来自我们身处的中华文化的浸淫吧？当然，最熟悉的人往往是你最不了解的人，文化也是如此。你熟悉传统文化，并不意味着你了解传统文化。只有判断才代表了解。而判断来自哪里？来自知识的差异。所以海德格尔说"知识即判断"。我对西方现代文化也同样热爱，起码在我的阅读兴趣上。这种差异让你反观中华传统文化，你会产生一些思索和感受就是自然而然的了。

林　岚：在一次访谈中，你曾经表示："如果说在我多变的创作形式后面存在一种比较恒定的东西，那我想就是在文学内部对世界的诗意理解、对人性的隐秘窥察与对生命真实的人文抚摸。"就我个人而言，我很喜欢"诗意"这个词，小说创作中如果能融入"诗意"的话，那小说一定会上一个层次的。能谈谈你怎么理解小说中的"诗意"吗?

于晓威:小说中的"诗意"第一是来自语言。这就像一双弹钢琴的手,指甲的细节不干净肯定是不行的。好像是顾城说过的吧?"语言就像钞票一样,在流通的过程中已被使用得又脏又旧"。那么,你就要时时注意在公众当下流通的语言中,不断磨洗自己的语言,不要懒惰,使它变得疲沓。要对自己习惯性的书写和公众化的语言保持警惕。第二,"诗意"也体现在你对主题、情节的构思角度和方式上。有诗意的东西都是代表能飞翔的东西,趴在地面上的东西不代表诗意。想象也是能飞起来的一种东西,埋头现实只能越来越干到泥里去。第三,"诗意"也体现在你的审美趣味上,也就是跟心灵有关的风格上。忧伤、离愁、失落、苦闷、一点点小的愉悦、渴望、不切实际的幻想,这些都和诗意有关,但只有两样东西与诗意无缘,一个是愤怒,一个是滑稽(调侃、幽默),它们永远与诗意不沾边。考察一个人的小说有没有诗意,以上三点我认为是基本判断。

林　喦:在你的大部分中短篇小说,像《L形转弯》《天气很好》《弥漫》和《让你猜猜我是谁》中,乃至长篇小说《我在你身边》中都对人性有很精彩的剖析。那么你是怎样对作品中的人性有着成功的塑造的?

于晓威:把作品中的人物从情节化和外在化的角度逼到死角,在心理上给他松绑和宽释,人性在这一明一暗的光线中,自然会呈现出立体影像。在美术中,高亮和极暗都不会使物体存在立体感。

林　喦:在你的小说中,常常能感受到对世界、对人生的一种温情,能谈谈你的"对生命真实的人文抚摸"指的是什么吗?

于晓威:既要对作品中的人物有文化和人道主义的悲悯情怀,但同时又不要让读者感觉到你高于人物,不要让人感觉到你比人物更强势更优越。这就是"对生命真实的人文抚摸"。

林　岊:读你的小说,常常觉得很多作品更像是一种挑战,是新写法的一种演练,在一次次的创新过程中你得到了怎样的提升?

于晓威:证明我还活着,因为我没有对下一次的写作感觉厌倦。这是最重要的。其次是我隐隐地知道,许多读者即便是读过我的所有作品后好像也没有感到厌倦。这就够了。

林　岊:作为土生土长的东北作家,你的作品风格中却很少有大部分东北作家那些比较强烈的地域文化色彩,坊间也有善意的言论,认为你和刁斗是最不像东北作家的辽宁作家。你怎么看待这个现象?

于晓威:生活中,有人愿意把他人分为军人、商人、工人、女人、男人、中国人、日本人、白种人、黑种人,但什么时候你把他不再看成是前面所加的,而就是一个真正的"人",那么我觉得不是这个人的身份打动了你,而是他作为人的本质的东西打动了你。看待一个作家也是一样。他继承了哪里的文化、他有没有地域风格,这个不重要,永远重要的是他写的叫不叫小说。同样,那些具有强烈的地域文化特色的作家,我不相信他们如果自身没有卓著的才华,仅仅靠描写了地域、作品具有了地域文化就会格外在写作质量上加分。不过,从某种角度来讲,我对地域和文化上的惯性一直保持个人的阻却习惯和审美范式，其中的一部分原因是，我不相信文学像自然科学那样存在着进化论，你能说唐诗比《诗经》更好吗？还是现代小说比元杂剧更拉风？文学只存在风格的演化论和更新论。既然这样，强大的东北写实主义传统和地域文化观念已经在过去造就了许多著名作家，我们在风格上还有多少继承的空间？除非你愿意重复。所以，有的辽宁作家包括我在内，当然不是写得更好，而是就想写得不一样。

林　喦：应该说，文学是自由的产物，即文学作为社会文化的结晶物，需要一定的社会物质文化条件为前提，作家个人在创作时间和外在生存环境上的自由是其不可缺少的条件，但同时也是更主要的，它是对文学创作主体心灵世界的一种界定。因为文学是人类心灵的外化，是主体灵魂对外部客观世界的投射和观照，主体心灵的自由度，直接决定文学所反映的世界的深度与真实度，也自然决定了文学所能创造的境界与所能取得的成就的高下。所以在某种程度上我们完全可以说，在文学创造的世界中，作家主体心灵自由的意义深刻而直接地影响着其文学创作的价值和质量，其意义甚至超过了作家生存的外部客观环境的自由。不是想写得更好，而是就想写得不一样。

于晓威：我几乎是完全认同这种说法。其实康德也好、斯宾塞也好、尼采也好，中国古代的庄子也好、刘勰也好，许多西方现代派理论也好，无数的理论和实践都已证明，文学艺术的产生，首先是主体灵魂对外部客观世界的投射和观照，这个主体灵魂就是指作家、艺术家独特的心理。这也直接支持了这么一个观点：单纯考量外部世界和事件的客观性、重要性，能够生成为艺术，那么，岂不是全国的所有公安局局长和法院院长都很容易成为作家？因为他们掌握的外部生活和社会事件最繁多啊。其实不对的。反过来说，世界上倒是有无数与外界保持距离的作家，例如饱受哮喘折磨的普鲁斯特、在小山村做教师的康德、过着孤独生活的塞林格，他们都写出了伟大的作品。因为他们有着自由而独特的心灵。另外，从养气和精神角度来讲，刘勰早就说过"水停以鉴，火静而朗，无扰文虑，郁此精爽"，河水只有在不流动的情况下，才会照得见景物，火苗只有在安静不被风吹的情况下，火色才最明亮，燃点才最高。作家不被生存的外部客观环境和事情过多干扰，当然会有利于创作啊。我很欣慰你能将这些话来分享给我交流，也谢谢你提供了这次对话的机会，谢谢！

选自二〇一三年第三期《渤海大学学报》

于晓威：每个作家本质上都是为母亲写作
——接受《长江商报》唐诗云访谈

长江商报：您年轻时曾经在鲁迅美术学院学习过，近来也开始画丙烯，这种绘画的训练对您小说场景的描述是否有帮助？

于晓威：也许帮助的不仅是小说场景。你知道的，绘画也有语言，它的笔触的模糊性和准确性、意象的神来之笔和逃逸，等等，这些都对小说创作的张力有启发和共融。事实上绘画也更新一个人的观念，写小说久了，会让人越来越内敛，而绘画会重新调动一个人的激情，作用于色彩的、直观的、明亮而又生动可感的。

长江商报：您在《午夜落》这部新书的前面说"除了告诉你我写了很多废话，我再没什么废话可说了"。在您的理解中，自己的小说都是"废话"吗？

于晓威：我认为小说就是写废话的艺术。艺术的无用之用就是它的天然骄傲和迷人之处。但是怎样将废话写出来、同时落在纸上又不使纸张成为废纸，这是艺术。我是遗憾自己每每没有将更好的作品写出来。

长江商报：《午夜落》这部小说集中的小说是以什么样的标准来收集的？它代表了您某一阶段还是某种风格的写作？

于晓威：大致是从时间延续的角度来定的吧。早年写过的一些小说，已经被出版社出过两本集子了，那么这一本算是近年发表小说的结集。我写得不多，但是许多评论家似乎比较有共识，我的小说没有固定风格，也比较难以归类。

长江商报：您的许多小说给我们呈现了二十世纪七十年代出生的作家那种特有的温馨的记忆，小县城、懵懂的男女、纯粹的爱情。您怎样看待这种写作？

于晓威：每个时代的人有每个时代独自珍重的记忆，但是尽管这样，七十年代出生的作家还是背负和承担了与前辈、后辈作家不同的时代语境。起码有三个历史关键节点密集地铺陈在这辈作家的精神场域，他们经历过"文革"末期和结束的转折，经历过计划经济向市场经济的转折，经历过传统写作、先锋派以及随之而来的市场化写作挤压的转折。断裂是容易的，难过的是撕扯。县城是处在城市与农村的中间地带，同样是一个被双向挤压或辐射的节点，人性在此具有更加迷蒙的深刻性，而男欢女爱，或者说爱情，我认为仍旧是对抗或消解一切板结社会、格式化人生的一个有效途径。

长江商报：小说《今晚好戏》更像是一篇寓言，很经典的那种契诃夫式的写作风格。是这样的吗？结尾段落里王山的那句"人生就是戏"是您要表达的主题吗？

于晓威：是的。我认为"人生如戏"虽然说法陈旧，但是它不失其真理性。生命就是一段过程，一段有精神运动的过程，"戏"恰好是装置精神的一个容器，演好演坏，逃不开。说到"精神运动"就会说到"力"，力是物体间的相互作用，是关系，没有阻碍就产生不了力。所以人生也好，容器也罢，它提供给你生命的大小、方向和作用点。

长江商报：《午夜落》这个短篇小说名被挑出来作为集子的书名，肯定被您所喜欢。像这样一篇没有人名、没有故事、完全凭借对话和简单的描述来推进小说的行进路线，写作的起因是什么？这是您现实生活场景的一幕吗？

于晓威：起因是我爱人的一个梦。跟现实生活无关。但是她的文学感觉很好，她逼着我写出来，我于是把它写出来并且发表。可见梦会影响现实，这也是我的文学观。

长江商报：小说《让你猜猜我是谁》的名字，让我一下子想到了孙甘露的小说《请女人猜谜》。当然这是两部风格迥异的小说。我想知道的是，你们70后作家在写作之初，正是先锋小说大行其道的时代，您的小说写作有受它们的影响吗？对于先锋小说您是怎样一个看法？

于晓威：时隔多年之后，我想我很庆幸在我本来正在写着刻板而腐朽的小说之时，先锋文学大行其道，尽管当时我很讨厌它们，也读不懂它们，它们部分地占有很多刊物版面而影响了初学写作时的我的发表速度。但是我从小理解的文学最本质的精神就是：自由、创新和革命，以及陌生化。所以我没过多久，就及时地喜欢上它们，并直到今天还在向它们深深致敬，并愿意追求那类精神写作范式。

长江商报：您的很多小说"哀而不伤"，透过纸面的文字传递出淡淡的温暖，这是您想要的结果吗？

于晓威：其实我想既有淡淡的温暖也有淡淡的伤吧？真不知哪个在前哪个在后，哪个是因哪个是果，所谓"悲欣交集""左右而不得"，等等，我迷恋一切存在悖论的东西。

长江商报：故乡在您的写作中占据一个什么样的位置？您又是怎样去理解一个作家笔下的"故乡"的？

于晓威：故乡提供给我精神飞出去一个围坝的勇气，我反而比较庆幸我在故乡生活了整个青年时代，它让我对我自己的青年时代有一个稳定的了解。那么到了中年危机的时候，我会在心态上经历另一种变化和姿态。在我的写作中，我其实最怕作品关注了故乡或与之相关的地域性，我永远关注人性。

长江商报：目前正在写作中的小说是一个什么样子？未来有什么大的写作计划？能透露一下吗？

于晓威：目前在写一个家庭里的男人和女人，他们各自的关于爱的理由和认知，既造就彼此，又击溃彼此。

长江商报：写作对您影响最大的一件事情是什么？

于晓威：您是想说有什么会影响我的写作吗？精神的不自由，还有母亲的离世。我记不得是哪位国外作家说过，每一个作家从本质上来说都是为他的母亲写作。如果您的意思想说写作给我带来什么影响，那就是让我意识到自由的可贵。

选自二〇一五年十二月七日《长江商报》

让我们说说现代性吧
——接受张鸿访谈

张　鸿：《羽叶茑萝》这个作品集由十个中短篇小说组成，它们分别呈现了不同的样貌、品质，包括语言和结构……体现出了一种独有的对人、人生、人的命运的关注与思考的精神内核、哲学意味。这显然有着一些西化的特质，对吗？

于晓威：对。尽管"西化"一词在我们的某些领域里一直比较敏感和容易被讥诮（这不太正常），但是在文学当中，我不否认我喜欢"西化"的小说。说到这里我觉得我有很多话想说。概而言之，"西化"的小说不是对西方小说的形式或理念的简单模仿，而是世界各国对于"小说的现代性发展"早已摆到了时代面前的这一命题相暗合。就中国传统来说，我们的小说其实真正发轫于明清时期，受到话本、传奇和说书的严重影响，这决定了它的听觉性质，一个长度性质、一个单向度性质、一个线性的单向度的测定性质。也就是说，我认为，除了《红楼梦》以及中国传统诗歌和散文之外，中国无数传统小说均表现为情节和人物运动的线性发展，满足受众在听觉上的"故事"或"事件"的需求，而较少达到阅读层面的思考、时间停顿与发散、人物精神性内在的运动方式：包括心理、直觉、无意识、生命、情怀和哲学的自我悖论。也就是说，从索绪尔符号学理论来说，我觉得中国传统小说仅达到"能指"，而较少达到"所指"，这是远远不够的。"所指"是小说具有现代性意义的发展正途，作为现代人，这是谈论我们当下小说写作的哲学自洽法则和前提。也就是回到对话的开始——今天，或者在二十世纪八十年代，包括我在内的很多中国小说家的小说"西化"倾向，绝不是对西方小说的某种机械的形式的模仿，而是大家对"人的意识"、对社会的现代性思考变得明朗和殊途同归。

张　鸿：好，既然提到了现代性，那我们来说说现代性吧。谈谈你对"现代性"的理解。

于晓威："现代性"是一个太大的命题，实在不知从何说起，哪怕仅仅说一下文学的"现代性"，几乎都令人感到无比困难。但是，退一步来讲，从有限选择论和排除法考量，比如，与文学的"先锋性"命名相较而言，我非常赞同您所说的文学的"现代性"。"先锋性"或"先锋派"文学在近年的知识界和文学界往往引起不同层面的争论、不同角度的释义、不同视域的理解，但是我相信如果以"现代性"为其命名，可能会消弭很多误解和模糊定义。哈贝马斯指出："人的现代观念随着信念的不同而发生了变化。此信念由科学促成，它相信知识无限进步、社会和改良无限发展。"我觉得如果考察什么是现代性，北大陈晓明教授的观点比较中肯:"无限进步的时间观念;以人的价值为本位的自由、民主、平等、正义等观念。"另外,在社会情态的表现还有诸如全球化、消费主义、权威的瓦解和人的生命的再次觉醒。其实,以这些价值体系融人文学表现中,我觉得是检验文学是否具有现代性的一个相对稳靠的标准。也就是说,对作家而言,"现代性"更是一个在人文领域的、涵盖了精神文化层面变迁的概念。所以,一篇小说是否具有现代性,不在于它写了多么传统或现代的题材,而在于它要表达什么样的主题和哲学。

张　鸿:刚才你提到一句话——"人的再次觉醒",为什么你要这样说?

于晓威:我觉得"人的第一次觉醒"是启蒙运动以来至二战时期人的生命、自我和个性的觉醒。二战以后,尤其是进入当代社会以来,人开始了灵魂或精神的深层而复杂的"觉醒"。这种觉醒不但包括文化的自觉和对某些普适性价值的尊重和追求,也包括在进行此种活动中所具有的、与这些看似一元性的价值追求谱系相反的迷惘、消极和矛盾,包括生命和存在的悖论。因为后者也是来自更深层的精神领域的运动,甚至可能更有价值,所以我把它看成人的第二次觉醒。在文学中,我觉得这是一个大命题。

张　鸿:起初,你曾经想将你的一篇收入本书中的短篇小说书名——《溢欲》作为这本书的书名,对吧?这是一个与快递小哥有关的、有些"暴力"的欲望故事,似乎在实质上与爱情无关,结局完全失去了控制,变成了罪恶。这个作品包含了太多的现实社会的真实元素。我记得你曾经说过大意为小说高于生活、艺术比生活更真实的话。你如何将现实事件完美地转化为艺术作品？

于晓威：将一件现实事件完美地转化为艺术作品对我来说是很困难的。原因是我不想这么做。现实事件越适合写小说，那么从某种角度来说就越应该警惕。日常经验是一种熟悉的伪装，因为它是坚固的，所以等同死亡。艺术真实是对日常经验的一种想象和突围，是对现实真实的一种校对，是拾遗补缺被忽略的那部分生活，因此比现实更真实。完全地复制现实等于是对艺术谋财害命。事实上，《溢欲》这篇小说从哲学和逻辑上讲，是对现实的一个颠覆。生活中可能会发生小说中所述的情节的前半部分事件，但是结尾发生的陡转，其实充满了悖论和隐喻。就我个人来说，我很喜欢用"溢欲"这个词做书名，它语出《宋景文公笔记》，意为多余的想法。我觉得我的写作都是来自内心所谓的"多余的想法"，它照应了我对现实的看法和某种情怀。只是出版社建议换另一个书名，大概觉得这个名字会引发某种香艳的歧义。

张　鸿：《垃圾，垃圾》不是单线写作，我感觉这是一个多线性的作品，表面的是"我"对"张小红"的所谓的"爱"，其他的是什么？我误读了这个作品吗？

于晓威：我想在《垃圾，垃圾》中通过对"张小红"的美的乌托邦的怀念，表现对现实的厌倦。如果会存在某种误读那当然更好，哈罗德·布鲁姆的"影响的焦虑"，就是在阐述由误读所产生的"延异"的意义。我对此求之不得。

张　鸿：你创作之初就对小说充满实验性吗？或曰现代

性?读了不少你的作品,你的创作风格、主题、写作形式多变、灵活,并不会在一个时间段里呈现出统一的面貌。你的文学观是什么?你通过文学与艺术创作来探寻什么?

于晓威:我创作之初的小说跟今天的风格肯定是不一样的,事实正如您说的,可能我每一段时间内创作的风格都不固定,甚至每一篇的风格都不太一样,主旨思想也不重复。我以前提到过古代大画家石涛论述的"一画之法",就是艺术作品是要对应你每天看到不同的物象、产生不同的思考或者由着你每天不同的心情来做出不同的表现的,每一幅画有每一幅画的表现手法,或方式,或理念。也许这就是后来文艺理论中的著名的"内容决定形式",有什么样的内容决定有什么样的形式,形式要依据内容的不同做出有效调整。我会常年去写同样的故事和内容的小说吗?不会。会常年表达自己早已表达过的思想吗?不会。会常年去画一样心情和形态的竹子吗?不会。重复自己是最大的死亡,这种死亡首先不是艺术上的死亡,是生命上的死亡。我想这是作为生命个体最大的悲哀吧。石涛坚决反对的是"一味拟古"与"忠于对象",但是有一样是恒定不变的,就是"本心自性"。如果真正做到了"画可从心",那么艺术家的活动才会获得大自由。我想,我的小说虽然题材、手法、语言和结构上是多变的,但是有一样是我不变的,就是我在很多年前说过的——"不论写什么,什么风格,我的关于人性观察和真实的抚摸,以及对于世界的诗意理解和智性姿态的写作策略是不变的"。如果有人认为我的作品相对地充满了实验性和繁复性,那可能真不是源于我的自觉,而是自发。因为我的本性如此。我通过文学与艺术创作来探寻的,可能不是艺术本身，而只是每天发现和激活不同的我、新的我，证明我还没有死掉。

张　鸿：最后来一个似乎有些离题的问题吧。近年来你致力于油画创作而且颇有成绩。文学创作与美术创作对你来说是一种什么样的关系？

于晓威：我在这本书的自序里提到过我为什么突然在写作的同时又去画画，这里不再赘述。我觉得我的美术创作首先是对我个人过往的生存经验和哲学困境的一种打捞。其次是与我的文学创作形成观念与形式上的互补和旁启。最后，文学与美术对我来说，可能什么都不是，只是我生命中的一种无名却自由的需要。

二〇一七年，花城出版社"现代性五面孔"70后作家中短篇小说集系列之于晓威：《羽叶茑萝》

在绘画与写作之间
——接受周聪访谈

周　聪：晓威兄好，很高兴能和你有这个机会交流。在我的印象中，你既是一位作家，又是一位文学刊物的主编，还是一位掌握色彩的画家……你的人生可谓具有斑斓而丰富的色彩。我的第一个请求是，能否讲一下你是如何走上为文习画这条道路的？顺便分享一下你的读书的经历？

于晓威：你好，周聪兄。其实好多人以为我是先从事文学创作，之后业余从事绘画，实则大谬不然。我在读高中的三年就是专业学画，因为那时候理科学习成绩不好，目测也考不上大学，所以去了一所高中的美术班学习绘画，之后也在沈阳的鲁迅美术学院进修过。只不过，高中那三年里，我的兴趣仍延续了初中时就对文学产生的热望，甚至越发浓烈，不断坚持读书和写作，绘画反而不是主业。高中毕业后参加工作，二十多年里我再也没拿过一次画笔，全心在从事文学创作。大约两年前，由于种种原因，我在写作之余重新拿起了画笔。现在感觉，这将近两年的美术释放与调节，使我得到了愉快的信心，精神也为之开阔。一切艺术形式和创造首先是为了自己，或自我疗救或解决跟外部世界的对话问题，我认为这是最重要的。

我读的书很杂，文学的、美学的、历史的、社会学的、哲学的……可能跟我从初中到高中的散放式接受教育的方法有关——因为填鸭式的学习成绩不好，多年来老师们也不管我了，所以我完全凭自己的兴趣在自由读书。另外我父亲早年从事文学事业，家里的藏书和文化氛围毕竟也在，这些都使我养成了爱好读书的习惯。就我个人而言，我认为读书甚至大于写作。

周　聪：坦白而言，我很喜欢你的油画（丙烯）和用丙烯写的字，也很荣幸能够收藏到你的一二幅字画。像你的美术作品《薰衣草》《无忧无虑的日子》《早晨八点至午后三点的等待》《家园》《海之角》《野百合也有春天》等画作，我觉得它们极具想象力和表现力。我的问题是：在色彩与文字之间转换，你是如何平衡的？或者换个说法，绘画对你的小说写作有何影响？

于晓威：我从高中就开始热爱和发表小说，经过二十七八年不间断的沉浸，精神世界很容易出现这样或那样的问题，因为文字和思考是不断训练一个人的注意力向内转，那里自成一个封闭的内在的世界，像修行；但是绘画，通过色彩、技法和笔触，会使你内心的一些东西直接地向外宣泄，促成你对外部世界进行斑斓的观察和拥抱，更符合快乐原则。于是这本身就对之前的我的内心构成了一种平衡。关于绘画对小说有什么影响，我没有刻意梳理过，它可能是有，但一定是潜意识里面的，说不清楚。

不过，我倒是觉得，你知道，二十世纪八十年代整个国内的文学思想解放，各种流派异彩纷呈，其实在美术界，它们的艺术实践和创新性思想理论一点都不比文学弱，甚至超过了文学实践。事实也是如此，比如超验主义、表现主义、达达主义、抽象派等等的美术实践，极其前卫和令人耳目一新。它们都有一个基本共性，就是摒弃僵化的传统模式和美学逻辑，从视觉形式上的色彩、构图，到作品背后的理念、主题等方面，颠覆以往，张扬个性，回归人性本体，展现束缚和荒诞、矛盾和欲望，从而发现和表现另一种现实。另外，抽象派绘画构图对于小说结构的开放性设置、色彩的铺排对于小说艺术感觉的重新召唤、线条表达的准确与混沌对于小说语言所追求的洗练与多义性等方面，一定是有所影响的。这些都是我在艺术里面比较喜欢和注重的东西。

周　聪：再来谈谈你的小说。我买了你新出的《午夜落》和《羽叶茑萝》两部小说集，各读了一遍，感觉仍然有一些惊喜。你的小说如同你的绘画一样，追求创新，追求斑斓性与纷纭性，充满人生的摇摆感和晃动感，许多评论家经常觉得你的风格难以归类，你的一些罪犯题材小说，比如《天气很好》这个短篇小说，我最初是在某个"短篇小说年选"里读到的，重读一遍依旧深受启发，包括你的中篇小说《弥漫》《沥青》等等——那么我的问题是，新世纪以来，罪犯题材的优秀小说真不少，像张笑天的《死刑令今天下达》、乔叶的《取暖》、须一瓜的许多作品……你能否从一个小说创作者的角度，给我们讲讲你是怎么看待自己的这些小说的？举例来说，你的一篇小说是如何诞生的？它在技术上会经历哪些重要的步骤？谢谢兄。

于晓威：如你所言，起码从表述方面来说，我写了人物的"犯罪"，你姑且将其称为"罪犯小说"，这我理解。其实我写的就是人本身的遭遇而已。在现时代，每个人都会成为"犯罪者"，但这与"罪犯"是完全不同的两个概念。也就是说，前者带有主观和心理色彩，后者带有客观认定逻辑。与其说关注"罪犯"，不如说我关注"罪感"，因为它来自两个方面：一个是他自己认为有罪，一个是别人认为他有罪。这是我理解的"罪感"的含义。《天气很好》写了何锦州的上司被外界认为的"罪感"，《弥漫》写了主人公自己临界的"罪感"，《沥青》写了张决被冤枉于其中的"罪感"，他们都代表了人生的沉重的荒诞和严峻的可笑。他们都在折射人生和社会，很多时候不是他们有罪，是社会有罪，或曰病了。如果从这个角度来理解，可能会把我的这些小说跟"罪犯小说"的定义离得远一些。谁知道呢，也许恰恰相反，你会认为更近一些。

你谈到技术上经历的步骤，比如写中篇小说《沥青》的时候，我光是从公安部得到的内部资料和案例就有许多，我为此阅读和构思了一年多。同时我还专门细读了《中华人民共和国刑法》《证据学》《监狱及狱政管理学》等等许多专业书籍，做了大量笔记。进入到即将写作阶段，我到某市的司法局领导那里开了证明，要他允许我剃了秃头，化装成真正的罪犯那样进监狱体验生活。可是这吓到了某市监狱的领导和狱政科长，他们为我的安全起见，说死也不同意我这么干。后来我还是以另一种方式去到监狱，可以跟他们半夜一起提讯犯人，甚至单独跟犯人见面和叙谈。《沥青》在《收获》发表后，有一天，监狱的领导见到我，他说他读了《沥青》，他说："我心里清楚，我们的许多东西是保密的，你压根不了解也接触不到，但是读完了你的小说我非常惊讶，你里面写到的几种越狱的方法，简直太可怕也太具有操作性了。你是怎么知道的？"

我怎么会知道？我不知道。我知道的只是当你熟悉了某些专业领域之后，进入了专业性的全力准备和思考，事物的一些逻辑和可能自然就被想象出来了。——这是我回答你的关于技术上经历的问题。

周　聪：好。继续。刘大先在评论文章《不屈不挠的生长》中说："于晓威在城市叙事中，将都市的现代性转化为个体生命体验，在诱惑、抗争、屈从、无措和无奈的淆乱中，闪现着体恤和冷酷。"《羽叶茑萝》被收入花城出版社"现代性五面孔"中。"现代性"似乎是当代作家写作中绕不过去的话题，请兄也谈谈对"现代性"的理解。

于晓威：这个问题我在《羽叶茑萝》书的自序包括跟张鸿女士的对话里谈到许多，这里不再重复了。我想重申的是，不是写了城市就叫有了现代性，也不是写了乡村就无现代性，关键不在于题材，而在于作家进入到写作文本时的叙述者的表现与表达方式——你的作品背后的理念是否具有现代性。也就是北大陈晓明教授的观点："无限进步的时间观念；以人的价值为本位的自由、民主、平等、正义等观念。"

周　聪：洪治纲曾评价你的短篇小说《勾引家日记》，说它"非常巧妙地让丈夫方唐从游戏开始，最后却以妻子楚夏的智慧让游戏温暖地结束"。在我看来，这篇小说发掘了琐碎日常生活的另一种可能性，它包含着人们对未知事物的开放性阐释。这篇小说让我想起了克尔凯郭尔的哲学名著《勾引家日记》，二者之间有没有一定的精神血缘关系？顺便也请兄谈谈克尔凯郭尔，好吗？

于晓威：克尔凯郭尔的病态般的、带有直觉主义倾向的审美逻辑是我所喜欢的。他将人性欲望边界的矛盾上升为形式主义的悖论，我觉得对我的影响还是非常之大的。我的小说命名《勾引家日记》，也是借此向他表示敬意。

周　聪：你的《圆形精灵》是我读过多遍的作品，它"融合了传奇、笔记、史料、报道、议论等多种文本，通过颇具意味的拼贴形式组合在一起，举重若轻地探讨了时代人的'魔怔'，似乎超出了一个短篇的思想容量"，这篇小说很容易让我联想到卡尔维诺。我读过卡尔维诺绝大多数的作品，喜欢他天马行空的想象，喜欢他用一个个类似童话的方式讲述现代人的精神困境（诸如分裂、虚无、荒诞等主题）。借这个机会，能否介绍一两位喜欢的外国作家。

于晓威：这个问题才是最难以回答的问题。事实是，没有一个作家能够准确地说出他喜欢哪"一两位"外国作家。雨果对我至今有着重要影响，是从人道主义方面。博尔赫斯让我迷恋不已，是从他的智性叙述方面。卡尔维诺我也非常喜欢，但他算成你说的。

周　聪：手上有没有在写新的长篇，有的话，能否透露一下题材？

于晓威：多年前在《文艺报》就透露过的。但是正如我当时就说过的,这个问题非要人家回答,几乎就是想让对方写不出来。反正透露过一次,也不怕透露第二次,我要写一部新的长篇小说,跟人的空间和心理的移位、考据癖和爱情有关。这回我真得抓紧写了。请给我时间。

选自二〇一八年第三期《文学教育》杂志

我的回忆经常是一堆碎片
——接受小饭访谈

小　饭：晓威老师好，让我们从这个短篇小说开始。《马桶》这个小说，构思很奇妙，用第一人称写了一个爱情故事——或许只是爱情的一部分，甚至是令人遗憾的部分。而且于老师还用了一些悬疑的元素。我的第一个问题是：这部小说的起点是在哪里？

于晓威：谢谢小饭兄的提问。我是想写一个跟爱情有关的故事，或者说是爱情的一部分，因为我们看不清它的完整形象。"起点"的意思，如果我理解为构思的起源的话，那它就是马桶本身。近年来我装修自己的房子和工作室，经常会去网上选马桶，有一天看到一个有意思的链接——对于男人站着用完马桶，该不该将马桶座圈放下？竟引起了无数人的争论和探讨，甚至有人列出了相关的数学公式（从行为学角度来讲，到底男人掀马桶座圈次数多，还是女人盖马桶座圈次数多）。这是一个问题，每个人可能都会遇到。比如我，回想了一下，也曾跟妻子开玩笑地辩论过这个问题。理论上说，谁去使用，谁就自己图方便好了，如果全依赖男人，男人的辛苦程度将是女人的两倍或四倍之多。但是我女儿当时从旁边说了一句话："你是男人，该多为女人着想。"我想好吧。于是我想写这么一篇小说。

小　　饭：哈哈，看来还是女儿的话最管用，带有启发性。那么回到"马桶"，我感觉这个意象在小说中可能包含某种至关重要的隐喻，一开始我就是这么认为的，后面我也在思考，这个意象隐含的内容到底是什么？你可以说说吗？

于晓威："马桶"隐含的内容就是男人和女人可能存在的不同的认识事物的方式。另外，我非常喜欢马塞尔·杜尚，他用一只小便器解构了艺术史，我当然也可以用马桶作为小说的标题。

小　　饭：了解了。既然说到杜尚，我看到资料，说于老师在高中时代是专业学习美术的，后来还在鲁迅美术学院进修过。美术方面的学习和创作，对文学写作方面的帮助大不大？比如，你有没有写过以画家为主人公的小说？有没有塑造过一些画家的人物？

于晓威：写作时间太久了，二十年或三十年，你需要喘口气歇歇。这就好像当年我们在上海昏暗的房间里，我俩每天打乒乓球的时间可能超过了写作的时间（我多么怀念那个时候的动作和激情啊）。绘画首先能让我歇歇，文字不断使人的思想向内转，而色彩会使人的精神向外宣泄，它们彼此是一个很好的调剂与中和。尤其是现代派绘画，对文学写作的结构、意象、斑驳性的审美会有一些好处。我觉得你也应该尝试绘画。老实说，它不需要多少基础。它跟写作还不太一样。到目前为止,我没有写过以画家为主人公的小说,就像我至今没有写过以作家为主人公的小说。原因很简单,我一直觉得我熟悉的东西,别人也会厌烦(笑),所以我尽量把笔触伸向其他领域。

小　　饭:我记得当年咱们在上海的房间,又宽敞又明亮……被你说得我愣了一下。我想你是故意这么说的。但我猜不出你把明亮说成昏暗的原因。要不你坦白一下?而且关于打乒乓的记忆,我回想起来总是首先沉浸于胜利的喜悦,你则强调了时长。关于记忆,你是怎么安排的?你是否觉得在我们人生中发生的一切变成了记忆,这是一种终极资料性的财富?

于晓威:呃,我也很愣,是我说错了吗?也许与北方相比,是上海季节的原因?比如总是闷闷的、湿湿的,雨热同季。也或者是,我们学习和住宿的房间朝向的原因?平房,我觉得总是见不到阳光。虽然那时候我们也不小了,但是远没有今天显得如此断烂朝报,它还青春。青春在我眼里,总是晦朔不明或者是阴暗的。当然你比我年轻多了,正好小一旬呢,我们同属狗。十七八年前,你属于更年轻的一派。你沉浸于胜利的喜悦是对的,但我确实更多记住的是你凌厉的身影、憨厚而坏笑的表情以及你在发球时隐藏在眼神背后的明亮的沉思。那时候我会想,我们终有一天会大江南北,天各一方,再也不会如此集中地在一起从早到晚地打乒乓球。我对回忆没有整体性,是一些碎片和局部,但这种回忆不仅对文学是一笔宝贵财富,它对人生也是。就像今天,付出多少也换不来了。

小　　饭:尽管不积极,但怀旧肯定是人生幸福事。我是这么认为的。几年前有人说你至今还在用纸笔创作。现在恐怕不会了吧？纸笔创作和用电脑写作，这个话题也许有点老旧了，不过我还是很想听听于老师你的经验之谈。它们之间的区别在哪儿？

于晓威：我愿意真诚地说老实话，哪怕被朋友们骂我装。首先是怀旧和习惯。前几天恰好还有一位朋友聊起来我当年的写作，那个年代没有电脑，没有复印机，你只能手写。投的稿往往超重，省吃俭用，连邮票都舍不得买，但是还是得写作，得投稿。慢慢地，就习惯并喜欢纸上被钢笔磨出的沙沙声，觉得它似乎有一种潜在的力量，也训练你的韧劲。后来，浸淫文学的时间太久了，就一直保存了那种敬畏的初心，不想改变，尤其是，四十岁左右读了《庄子》，里面讲一个事情：子贡南游，遇一农人浇菜畦时，看到"凿隧而入井，抱瓮而出灌"，于是问他何不使用机械？那会轻松省力得多。农人回答："有机械者必有机事，有机事者必有机心。"这使我更加明白了一个道理：文学本来就是使人"返璞"与"怀真"的事业，太科技太便捷了，会使人泯灭某种"钝性"，而在我看来，这种"钝性"也许是最宝贵。电脑写作会更便捷，而手写更是漫步和享受。我相信很多人还是愿意在纸上写字的，比如书法，那么多人愿意写书法和练书法，大概不都是奢望为了能卖钱。当然，我的以上想法，只是为自己手写来辩解而已，不代表什么普遍的道理，更无意于得罪他人。事实是，近几年如果有特别着急要的稿子，我也会用电脑直接去写。

小　饭：那这篇《马桶》是用电脑写的还是用纸笔写的？我猜测是电脑。

于晓威：你总是那么狡黠。跟聪明人交朋友，会让我每每感觉眼前一亮。

小　饭：于老师这么说我都快没办法接话了。我想接着问与此相关的问题。你曾经说"手写首先有助于不写废话"——这也是我看到有趣的说法。在文学作品中，"废话"通常是必要的——从某种角度上来说，修辞都是一种"废话"，说得好听一点就是"闲笔"。于老师喜欢什么样的"废话"，又会避免自己写下什么样的"废话"？

于晓威：哈哈，有趣的问题！小饭兄机智，在给我设圈套（笑）。我觉得，假设我们承认电脑写作更便捷、手写就比较辛劳的话，在这个生物性的辛劳中，你的潜意识会让自己写得更俭省、更凝练、更少废话。同时，在纸上修改会涂抹句子，它们会留下痕迹，这种痕迹会直观性地在纸上呈现一种对比——你的目光由此不断推敲，它们究竟修改得好不好、对不对？而电脑的修改就会直接消除句子，不存在直观的对比。尤其是，当一个句子或一个词，被你改变或涂抹了三遍以上。在我看来，前辈作家说的这种做法仍旧是对的："写完后至少看两遍，竭力将可有可无的字、句、段删去。"如果从修辞学角度来讲，那种类似"闲笔"的"废话"、那种不仅为"叙事"服务更是为"叙述"本身服务的"废话"或者干脆是出于某种策略和充满智性与张力的"废话"，恰是我所喜欢的，因为它们是内容的一部分。

小　饭：于老师用了很多专业术语，这段话给我感觉你是一个搞学术的。我也听到有人说你是"对存在和生命的思考者"，那么于老师平时关注一些哲学方面的书籍吗？在一些终极问题上，于你而言，时间是什么？生命又是什么？

于晓威：我确实喜欢读哲学书籍。于我而言，时间是我再也回不到过去的一种刻度，生命是我尚能感知友情、亲情、爱情的一种容器。

小　饭：嗯，爱情是什么呢？你寄希望于读者在自己的作品中更全面地了解爱情吗？比如我，我在《马桶》这篇小说里，看到了你对爱情——尤其是在物质生活影响下的爱情——的失望。我期待于老师对我的纠正和反驳。

于晓威：只要人类还没有灭绝，对爱情的了解就没有全面和终结。后一个问题，我既想反驳你，又坚决捍卫你。

小　饭：众所周知，我们都是"爱情"的结晶，这是按照某种传统的说法。但是在于老师的说法里，我感觉人类的存在才是爱情的前提。我们通常意义上的爱情也确实应该发生在人和人之间。那你觉得，是先有人类，还是先有爱情？

于晓威：上帝创造人类的初衷，我猜是让他们相爱。跟"先有鸡还是先有蛋"这个命题不同，这是人。唯一的人类，不是其他物种。

小　饭：那你有没有担心过人类的未来？比如说有没有担心过人工智能的发展或者有些人会被定义为"过分发展"？很多人认为人工智能即将代替包括作家在内很多文化行业的工作，你怎么想这个问题？

于晓威：二十世纪八十年代末，我十八九岁的时候，受荣格、池田大作以及罗马俱乐部等世界人文主义著作和研究的影响，担心过人类的未来发展。后来，明白了人类经济活动的规律、世界各国社会发展的内驱力还有人性自身的缺点等，我不再担心这个问题，或者说，我们担心也没有用了。十多年以前，我注意到我们传统的社会发展领域不再使用"增长"这个概念了，开始使用"发展"的概念，可能我们也知道，"增长"是有极限的。我为此乐观了一阵。但是总的来说，世界还是在竞相喧腾，竞相发展，这个趋势没有变，也变不了。所以，我现在不再担心这个问题了，我宁愿相信一切事物都有它内部的自洽法则。

人工智能会否取代包括作家在内很多文化行业的工作，你这个问题提得好，我得仔细说说我的认识。首先这里有两个方面需要厘清：一是"行业"与"事业"的区分，另一个是文化领域内部的精英文化和大众文化（或泛文化）的区分。人工智能会对行业性工作造成冲击（其实我觉得也不叫冲击，它是一种充实和发展），因为人工智能的核心显现是信息和算法，因此它会对某些机械性、技术性、社会程序性领域的事物产生重要影响，但对事业性、非机械性、非程序性的事物不会产生多少冲击。另外，就文化领域而言，文学创作属于精英文化的一部分，属于心灵事业，属于极端个体化的作业，而非集体化和协作化，我不认为它会对真正的文学创作和作品产生冲击，它只可能会对大众文化与泛文化产品形成影响，比如，当初电脑喷印以及数字字库的出现，对美术中的流行广告产生影响，使很多会写美术字的行业画家变得无事可干。那么未来，就艺术来说，人工智能可能继续会对音乐里的某些创作尤其是电声编程以及视觉艺术中部分的流行性美术创作产生影响，对视觉文案和办公文案等产生影响，甚至对某些具有非排他性质的摄影、篆刻、雕塑等艺术门类产生影响,但对真正的文学创作不会产生多大影响。因为文学创作,它首先是语言的艺术,文字这里面包含每个人独特的生命的基因和密码,那么,这也就回到了什么是文学尤其什么是小说——这个艺术本身的命题。只有一种情况会使人工智能对小说带来冲击,那就是,小说仅仅专注于故事和情节的设计。从理论上来说,因为信息和算法,人工智能会给你任意组合与提供几千万、几百亿甚至是更多种的情节和故事,如果小说的宗旨就是讲故事,那么小说自身就要陷于末路,这个甚至不需要人工智能来消灭小说,小说自己就会消灭小说。但是文学创作中的语言、小说的独特叙述,人工智能就消灭不了。举个简单例子,文学创作中的留白、欲说还休、张力与默契,这些极具个体化、非线性化的叙述本身的特征,包括它们与作品整体内容以及思想的互动、勾连乃至浑然天成,人工智能太难做到了。说爱你是容易的,跟你调情也是可能的,但是男女间眉目传情、心照不宣的眼神互动,人工智能怎么能做到?这些都是心灵的事,是文学的事。

小　饭:你的作品中确实有很多"哲思"——有不少评论都这么写。也有人说过度的哲学阅读和思考,有时候反而会影响创作的生动性,你有没有这样的感觉?

于晓威:也许是敝帚自珍,也许是习焉不察,我的创作肯定存在这样或那样的问题。但是我想说,这不是"过度的哲学阅读和思考"所导致的流弊——如果我存在以上问题的话。对人文学科的从事者来说,我觉得,多多阅读哲学是应该的,而进入创作来说,就仿佛是"道"与"器"之间的关系,我宁愿说在器物层面、在技术层面,我存在不足,这是我的能力不逮,但对

"道"的需求，我远远不够。

小　饭：那你以后会考虑写一些社会科学方面乃至思想伦理方面的作品吗？据我所知，有不少小说家，尤其是在高校任教的作家会尝试，而且取得了一些成绩。

于晓威：我取得不了什么成绩，暂时也不想写。但我确实一直想写本小册子，跟社会的、审美的、人伦的、思想碎片有关，比如卢梭的《一个孤独漫步者的遐思》，但是比那亲切和好玩或者说比那浅薄很多也行，或者是像梭罗早年写过的那些小册子一样。我只是想记录我想到的，或者我应该想到的东西。这跟其他人无关。何况小饭兄，你是华东师大哲学系毕业的，你比我睿智，你不要弄得我很不好意思（笑）。

小　饭：在大学里我成绩不算好，睿智更谈不上。如果在你笔下，我大概更多是像《马桶》这个小说里那个韩国友人的形象——做提问者我原本不该说这些，但说完这些我有了新的问题：你写过你身边的朋友吗？在这方面你会不会有某种道德的自律？

于晓威：像你所感受到的，我可能记忆欠佳，我的回忆经常是一堆碎片，因此，在小说里完整地写一下身边的朋友，不仅非我所愿，我也很难达到。身边的朋友、他们的经历碎片以及思想，会对我的小说产生一些启发或影响，这个不消说。因为我不会完整照搬生活里的某一个人，很多是出于想象，更不会把某人写成恶棍，因此我较少会存在道德的影响。

小　饭：关于文学，于老师的最高追求是什么？有没有想过自己最终会成为什么样的作家？希望自己更接近于哪几位作家达成的作品成就？在这么多年来的学习和创作中，是哪些作家会让你觉得不能停止这一切？

于晓威：我对文学其实没有什么追求，能尽量写点，并且在写作过程和实践中，能够不断遭遇有趣的事和有趣的人，能够学到未知的东西，能够体验到友情（比如这篇小说被朋友催、这篇访谈被朋友下功夫在做，我从中都会感受到被信任的感动和快乐）。有一天写不动的时候，有人偶尔会想起来，咦，这厮写不动了，但做人还够格。我敬仰一切让我值得尊敬的作家。在这么多年来的学习和创作中，海明威、加缪和卡佛等作家，让我觉得不能停止这一切。

小　饭：我确实不应该直截了当问一个作家"你的追求是什么"，这会搞得大家都很尴尬。但在你的回答里，你依然说出了你所尊重的前辈作家的名字。举个例子，海明威。大部分现代作家都没机会和海明威一样生活在那个跳动的年代。这个时代，可以被"采风"、可以用来被感受的东西，跟那时候或许是没法比的。作为作家，你会因此遗憾吗？那这个时代的作家们有没有相比海明威，更有一些所谓的创作优势的地方？

于晓威：每一个时代都有它的遗憾，但是我们都喜欢一个开放的时代，这是没错的。至于"采风"，《诗经》就是采风所得。朱朝瑛说："以一国之事系一人之本谓之风，言天下之事形四方之风谓之雅。""采风"本身没问题，我记得略萨和毛姆也表达过同样的意思，他们想去占有局部的、待了解的生活时，往往也是临时地、短暂性地去了解一下，也或者干脆就是在某个陌生的城市街头坐一会儿，抽根烟观察一下行人，仅此而已。关键是，采风的内容恰好与作家的兴趣相一致，并能出现真正的好作品，这往往需要缘分。海明威是自杀而死的，杰克·伦敦、川端康成、芥川龙之介、伍尔夫、茨威格……许多国外作家都是自杀而死的，这是他们的时代的不幸吗？如果这个理解成立的话，那么好吧，那我们很幸福，我们活得都还好，这是我们的创作优势。

小　饭：我差点就信了你的这番话——就当我信了也行。那还有一个相对严肃的问题：于老师您觉得自己作为一个写作者，有没有某种自以为的天赋，让你在这个领域，有信心继续下去？不会担心自己是一位西西弗斯。拜托，请不要再过于搪塞我这个问题了。

于晓威：作为一个写作者，快三十年，至今还热爱阅读、思考，热爱文字，而且又那么敏感，我觉得这是上帝派定的事。命定的事，你说是天赋那我接受。从这个角度来说，我愿意继续走下去。我二十年前比三十年前写得好，我现在比二十年前写得好，那我就知道，我不会成为西西弗斯。这就够了。对于一件事我一旦觉得我可能在重复自己，那我就改去做别的。万幸现在还没有这个感觉。

小　饭：我知道于老师也做编辑工作，什么样的作品会让作为一个编辑同时作为一个作者的你击节赞赏？这些年更多被作者们"激励"，还是会因为大量的阅读来稿而产生些许的厌倦？

于晓威：既深刻又有趣、既新鲜又亲切、既机智又冷峻、既生动又朴实、既人性又高傲的作品——我羡慕和懊恼我竟然没写出这么好的作品——它们令我击节赞赏，同时，一个错别字也没有的作品，这样的认真也令我感到舒服和折服。从概率和经验意义来讲，刊物发表的作品数量肯定大大少于你读稿的数量，写得好的远比写得平庸的要少，因此，说老实话，我经常会产生厌倦。

小 饭：这些年来，你对文学和写作，最大的"改观"——文学上观念的改变——有没有？有的话是什么？如果没有的话，那么文学观念是在何时在你身上固定下来的？

于晓威：有。我对文学观念的改变，更多不是来自文学内部，而是来自个体生命所体验到的外部。这个观念的改变就是：我年轻时的许多认知，是不真实的。

小 饭：这个我必须让于老师展开说说。在可以被描述的地方，是谁曾经欺骗了你蒙蔽了你？你又是在何时何地"觉醒"的？这种"觉醒"之后，给你的人生带来了什么样的变化？

于晓威：在可以被描述的地方，它就不是来自个例，而是一个混沌的集合的概念。这似乎是一个悖论。但任何发自个体的蒙蔽都不足以引起伤痕或觉醒，因为这不值得。比如说，旧年代里的一个小脚女人，她只是被她丈夫约束裹脚与缠足，后来又放开，这不构成觉醒。但是，只有一种情况，当社会认可裹脚是一种美，是一种时尚，又当社会习俗或规约变了，以放开手脚为美的时候，这个个体的裹脚女人的觉醒，才会是痛彻心扉的。这种觉醒就是悔恨一生。

小 饭：最后一个问题了：在生活中，你会对什么产生恐惧？比如时间，比如某种社会认知。你又是如何克服那种恐惧的？

于晓威：我对时间没有过多恐惧，尽管也心有戚戚，但也只不过是"戚戚"而已。对未来的不确定性，或者你所说的对某种社会认知，可能会有担忧和恐惧。克服那种恐惧的办法就是，你得仔细和更多地找到那些同样恐惧的人，并与他们一起前行。

选自二〇二三年第六期《山东文学》杂志